Llévame a casa

Jesús Carrasco

Llévame a casa

Seix Barral, un sello editorial de Editorial Planeta, S. A.
Avda. Diagonal, 662-664, 08034 Barcelona (España)
www.seix-barral.es
www.planetadelibros.com

Primera edición: febrero de 2021
ISBN: 978-84-322-3773-7
Depósito legal: B. 901-2021
Composición: Realización Planeta
Printed in Spain - Impreso en España

El papel utilizado para la impresión de este libro está calificado como **papel ecológico** y procede de bosques gestionados de manera sostenible.

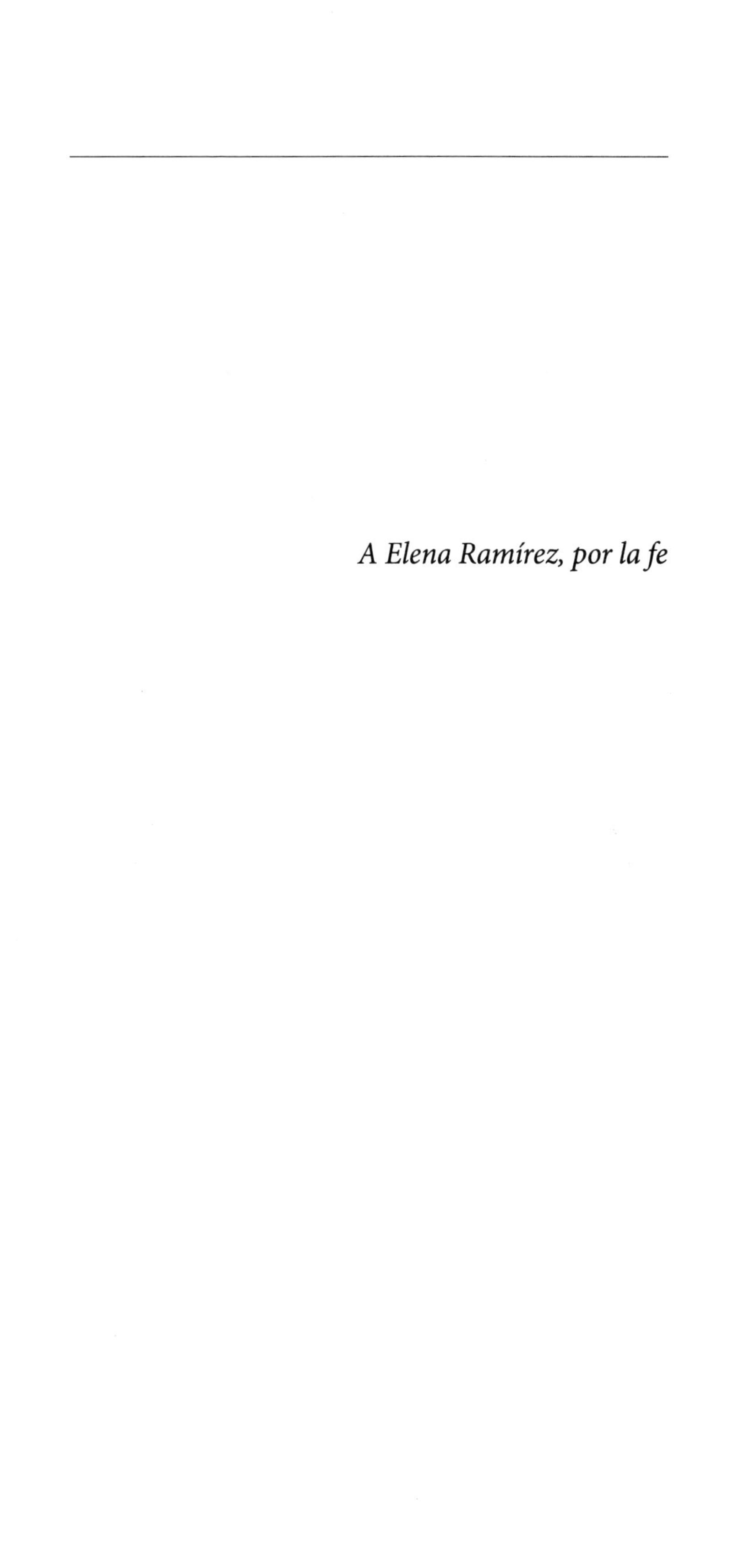

A Elena Ramírez, por la fe

1

Podría haber estado junto a su padre la noche en que murió pero, en cierto modo, Juan Álvarez prefirió no hacerlo. No es que eligiera estar lejos de él en ese momento crucial. Simplemente siguió con lo que tenía entre manos sin considerar urgentes los sucesivos avisos que su hermana Isabel le había ido enviando durante las semanas previas hasta que, llegado un momento, dejó de informarle. Juan, embriagado por los aromas de la turba fresca, interpretó aquel silencio como una señal de que las cosas iban mejor en lugar de lo contrario y siguió a lo suyo: cuidar de la colección de rododendros del jardín botánico de la ciudad de Edimburgo. Su padre en un hospital público de Toledo, separado del compañero de habitación por una endeble cortinilla de tela tiesa, y él, a dos mil cuatrocientos kilómetros al norte de su cama, recogiendo pétalos caídos sobre el suelo oscuro.

2

A finales de los sesenta las tierras rendían cada vez menos, las fábricas no paraban de reclamar fuerza de trabajo y, de la noche a la mañana, el que era arriero se hizo fresador. El padre de Juan dejó el campo y su pueblo, Cruces, por una fábrica de fibrocemento en Getafe, al sur de Madrid. La madre, por su parte, cambió los suelos empedrados del molino en el que nació por la madera barnizada de un piso burgués en el centro de la capital. Al fondo de un patio de luces, una escalera directa a la cocina para ella. En el portal, un conserje abriéndoles la puerta a los señores. Así se conocieron, a través del conserje, que era amigo del padre. Los presentó un domingo por la tarde al salir del cine. Se sentaron en un velador cercano donde ella le contó que venía de Aldeanueva de la Vera, en Cáceres, y que había llegado hasta allí porque ya apenas se molía harina con la fuerza del agua. A él le gustó su tímida forma de reír. A ella le llamaron la atención la piel curtida de sus manos y lo que le pareció un aroma a trigo cuando se acercaron el uno al otro para despedirse. Dos años estuvieron de novios hasta que se casaron. Poco después de nacer Isabel dieron la entrada para un piso minúsculo y oscuro en el barrio obrero de Las Margaritas, en el mismo Getafe, donde acomodaron también al abuelo paterno cuando enviudó. Al nacer Juan, cambiaron el pequeño Seat 600 por un Renault 4. Todos los fines de semana se montaban en el coche y viajaban con el abuelo a Cruces, a abrir la casa y a *darle una vuelta* a las tierras, porque aquel hombre vivía en Getafe como si los ladrillos le ahogaran, algo que terminó sucediendo. Cuando al padre lo jubilaron de la fábrica, se mudaron a Cruces. Juan tenía seis años y su hermana diez. El abuelo no regresó con ellos.

A pesar de que no debía trabajar, el padre pasó los primeros meses recuperando las tierras que, para aquel entonces, se reducían a una huerta con casa de aperos y alberca, almendros, unas pocas fanegas de cereal y una nave en la que, durante una época, la familia había criado chotos. Con lo que le dieron como indemnización en Getafe, se hizo con la maquinaria de un taller de fabricación de puertas que cerraba en Illescas, la llevó a Cruces y la metió en la nave. Once meses después de dejar de respirar amianto, comenzaba a respirar serrín.

Tres de agosto. Un autobús de línea le deja en Cruces veintinueve horas después del fallecimiento. El informe hospitalario dice que la causa de la muerte de su padre ha sido una neumonía vinculada a un mesotelioma pleural. Un cáncer que no le tocó en la rifa de la genética, sino que él mismo fue inspirando día a día durante los trece años que trabajó en la fábrica de fibrocemento. Más de una década intoxicándose con asbesto, ocho horas al día, cinco días a la semana. El trabajo os hará libres, pero ese, además, os envenenará para siempre. Vuestro sacrificio dará de comer a vuestras familias y, de paso, cubrirá a miles de familias más con los pequeños cristales de la muerte. Los viejos serrarán esos tejados cuando tengan que proteger del viento las habas de sus huertos. Los niños romperán a pedradas los restos de tuberías arrojadas a los descampados. El viento esparcirá los cristales.

Juan se baja del autobús enfrente del bar de Ángela. Enfila hacia la casa familiar por la calle vacía. Lleva a la espalda una pequeña mochila de color azul en la que ha metido lo básico: ropa de verano para pasar algo más de una semana tórrida en España, artículos de aseo, el libro que estaba leyendo cuando recibió la noticia y poco más. En la plaza se cruza con una vecina que le da el pésame y le dice: Qué pena tu padre, lo que ha pasado. Y tu madre, hay que ver esa mujer, que da lástima verla.

Juan intenta cortar su monólogo sin éxito porque cada vez que hace amago de seguir su camino la mujer le agarra el brazo y vierte sobre él una nueva palada de desgracias. Tiene que venir a rescatarlo Dolores, otra vecina que ha observado la escena desde la distancia. Venga, Angustias, le dice a la vieja. Deja al muchacho, que vendrá cansado y tiene todavía mucho por delante. Su salvadora le dirige una mirada que él interpreta como de complicidad. Una mirada que dice: Hay que ver esta mujer lo bocazas que es. Y también: Estoy contigo porque sé que tus razones tendrás para haberte marchado del pueblo con tu padre enfermo, tu hermana viviendo en Barcelona y tu madre tan mayor. La vecina comprensiva sabe que viene de un largo viaje aunque ella, como los demás, cree que Juan está en Inglaterra, cuando en realidad vive en Escocia. Sabe también que, desde que murió su padre en la madrugada del día anterior, lo han tenido en el tanatorio de Torrijos a la espera de que él llegara. En el «tiene mucho por delante» Dolores le está diciendo: Prepárate. No importa lo cansado que estés, cuántas horas hayas pasado viajando, si has dormido o no, si has comido o no, si te apetece o no. Lo que te toca ahora es irte a casa, afeitarte, darte una ducha y marcharte con tu hermana y con tu madre al tanatorio a recibir los pésames y a dejarlo todo listo para el entierro. Y eso es solo lo que tiene por delante a corto plazo. Dolores también cree saber lo que le espera a medio y largo plazo, pero no se lo va a decir porque entonces se estaría convirtiendo en aquella otra vecina de la que ha venido a liberarlo.

Juan agradece que le quiten de encima a la anciana. No tiene humor para cortesías y, de no ser por Dolores, habría dejado a la vieja plantada en la plaza. Ve a las mujeres alejarse, tratando de encajar en la escueta sombra que proyectan los aleros sobre la acera. Dolores llevando por el brazo a Angustias, quizá regañándola por haberse entrometido en la vida del muchacho en un momento así. Juan cruza la plaza camino de la casa de sus padres. Por encima de la cancela que da acceso al patio delantero, las varas de la buganvilla parecen descuidadas. Las brácteas fucsias se arraciman en las puntas de las varas haciendo que se humillen. En el crecimiento desordenado de la buganvilla se puede rastrear la incapacidad del padre durante las últimas semanas.

Juan se asoma a la cancela y mete la mano entre los barrotes para abrir el cerrojo. El chirrido del perno resuena en la siesta. Sabe lo que viene a continuación, así que nada más cerrar la hoja a su espalda se pone en cuclillas, suelta la mochila y aguarda unos segundos. La tela de los vaqueros se le tensa sobre los muslos. Desde el porche de la casa, al fondo del largo y estrecho patio de entrada, ve venir corriendo a *Laika*, la perra de la familia. El animal se le echa encima, le pone las patas en el pecho, le lame la cara agitando el rabo. Tenaz memoria de los perros. Agarra la mochila, se incorpora y, con *Laika* correteando a su alrededor, avanza en dirección a la casa. El patio, como siempre, está enteramente ocupado por plantas. Además de la gran buganvilla de la cancela, hay arriates adosados a las paredes laterales donde crecen papiros, rosales, jazmines y hasta un palmito. En los muros, colgados de aros, oscuros tiestos con geranios contrastan con el encalado. Bajo el porche hay un sillón de mimbre y plantas de sombra, la más llamativa, una costilla de Adán que alguien ha fijado a la pared con alambre. A la derecha, en un recoveco, el viejo pozo. Un brocal con un arco de forja sobre el que medra un jazmín punteado de pequeñas flores blancas.

La puerta, como en la mayoría de las casas, tiene la llave sin echar, algo muy del agrado de los pocos turistas que se alojan en la única casa rural que hay en el pueblo. Ven las puertas entornadas, sujetas las hojas con un ganchito o una piedra, y conectan con algo ancestral que creen haber perdido viviendo en la ciudad. Esas comunidades rurales que ven en las series de televisión, ya sea en Alaska o en Asturias, tanto da, donde lo pintoresco se impone; donde las rencillas se sobrellevan con giros de guion que, constantemente, obligan a los personajes a vivir situaciones embarazosas y cuya única resolución posible es la fraternidad. En las contadas ocasiones en las que los turistas salen de la casa rural, renunciando a la piscina privada en verano y a la chimenea en invierno, y se dan una vuelta por las calles, sonríen viendo a las señoras en las puertas, a la fresca. Sonríen cuando encuentran niños jugando al fútbol en las plazas. Sonríen si se topan con un coche con las llaves colgando del contacto. Y suspiran de alivio porque a muy pocos kilómetros de donde viven todavía hay aldeas que resisten, a pesar de haber arrasado las eras para construir sobre ellas chalets adosados. Y si son una pareja con niños, se miran arrobados cuando descubren el último pajar que queda en el pueblo y se dicen que lo comprarán y lo convertirán en una casa para que los niños echen raíces en algún sitio sin cemento.

Juan hunde la manija de hierro de la puerta y empuja. De la casa sale una fragancia particular que solo se percibe cuando se ha estado tiempo fuera y lo exterior ha renovado lo interior. Es un olor al tiempo anodino y único. Una nariz entrenada diría que aquí se ha hervido coliflor durante decenios. Hay o ha habido una chimenea de leña, naftalina en los armarios, chacinas de matanza colgando de una viga, chorizos que gotean su pimentón sobre una bandeja de lata; aquí se ha lavado la ropa con jabón hecho a base de sosa y aceite usado. Litros de amoniaco han aniquilado bacterias a lo largo de los años. Hay trazas de excrementos infantiles, que alguien, una mujer, ha retirado de gasas de algodón que después ha lavado, escurrido y tendido en el patio. Se nota un tufo milenario procedente de una pata de liebre caída detrás de un armario. Vestigios de agua oxigenada, como la que usan los taxidermistas para blanquear los cráneos. En esta casa solo entran mariscos en Navidad, y no de la mejor calidad. Huele a sudor, a grasa en las manos, a cicatrices viejas, a colonia de litro, a cableado con camisa de tela, a plomos fundidos, a transformador de 125 voltios, a golpes en un televisor en blanco y negro.

Baja la mirada. El suelo de terrazo del recibidor le lleva de vuelta a su origen. Viene de un apartamento, el de Edimburgo, en el que hasta la cocina tiene moqueta. Un suelo silencioso, mullido y cálido, no particularmente higiénico, pero que reacciona químicamente en la cabeza de Juan ahora que tiene delante las losas que ha pisado desde que era niño. La granulometría de las baldosas difiere de unas a otras. Hay chinos gruesos y menudos, colores rojizos y más claros. Hay burbujas seccionadas en el cemento que liga los áridos. Solo el pulido iguala unas losas con otras. Frente a él, el recibidor que sirve de distribuidor. A la izquierda, la puerta que da a la sala de estar, comedor cuando todavía vivían todos en la casa. A la derecha, un aparador sobre el que hay una bombonera de cristal con llaves dispares. Encima, un reloj de cuco cuyo pájaro nadie ha visto nunca salir de su escondrijo. Junto al mueble, la puerta del salón para visitas, siempre cerrado, siempre en penumbra. A continuación, la puerta de la cocina y, al fondo, las de los tres dormitorios y la del baño. Todas esas puertas salieron del taller del padre. Debieron de ser las primeras que producía y utilizó su propia casa como banco de pruebas. Puertas huecas, ligeras, baratas. Una estructura perimetral de pino con tapas de madera contrachapada.

Se asoma al salón comedor. La chimenea está limpia; el sillón de orejas, vacío. No necesita preguntar en voz alta si hay alguien en la casa. De manera automática se dirige a su antiguo cuarto. La habitación está tal cual la dejó cuando se marchó. La cama estrecha junto a la pared, el escritorio de formica sobre el que hay un flexo que lleva allí desde que tiene uso de razón. Bajo su luz ha jugado a los coches, ha aprendido las vocales, ha terminado una licenciatura. En la pared hay un pequeño tablero de corcho en el que siguen clavados con chinchetas algunos de los hitos de su juventud. Destaca una entrada de un concierto de Kiko Veneno en la plaza de toros de Torrijos: Fiestas de la Sementera, septiembre de mil novecientos noventa y tres. Sobre la cama, la colcha de siempre. En la estantería, una colección incompleta de literatura juvenil. Cada lomo con una ilustración minúscula. Leyó durante la adolescencia, sin que nadie le alentara ni tampoco lo contrario. Luego dejó de hacerlo hasta que se fue a Escocia, donde ha terminado reuniendo una pequeña biblioteca. Hay también trofeos deportivos ganados en las carreras populares de los pueblos cercanos. Deja la mochila en el suelo y toma uno en sus manos. Es una pequeña copa de metal dorado cuyo pie está adornado con toscas hojas de laurel. La chapa grabada dice que quedó tercero en la categoría infantil en una carrera de un pueblo llamado Almorox. Fiestas patronales de San Roque y la Virgen de la Piedad. La copa, como todo, ha estado siempre ahí, y ahora le recuerda que durante los largos inviernos de la meseta él entrenaba con un grupo de chicos de Torrijos, en cuyo instituto estudió. Tres días a la semana se quedaba allí al salir de clase, comía en un mesón para estudiantes y después se iba a entrenar. Esos días regresaba a Cruces de noche, en el mismo autobús de línea que le ha traído hoy. En los entrenamientos, Raúl, un monitor llegado de un pueblo próximo, les indicaba lo que tenían que hacer. Recuerda el frío, los caminos prematuramente oscurecidos por los que corrían, la dureza de la tierra escarchada.

Solo ha pasado cuatro años fuera, pero en ese tiempo le han sucedido tantas cosas que su mirada se ha movido de lugar. La colcha, los trofeos, el flexo. Todo estaba ahí, en el mismo sitio que ahora ocupa, pero desvanecido por la costumbre. Ahora, sin embargo, esos objetos le llevan a momentos pasados de su vida que no había vuelto a visitar. Recuerda esa carrera de Almorox porque fue su padre, y no Germán, un amigo de la familia, quien le llevó. No tiene memoria de ninguna otra carrera en la que su padre hubiera estado presente. Cogió el coche aquella mañana de sábado y dejó lo que estuviera haciendo para acercar al menor de sus hijos a disputar una carrera popular. No era una competición provincial ni formaba parte de la temporada oficial de campo a través. Si hubiera sido así, él no tendría ahora aquel trofeo en su mano porque aquellas carreras siempre las ganaba el mismo niño: el Zurdo. Él lo veía cada sábado como un semidiós en miniatura, siempre rodeado de una guardia pretoriana que le abría camino entre los otros niños y le protegía de los manotazos de sus pequeños admiradores. Los domingos, cuando el juez levantaba la pistola y disparaba al aire, Juan veía las espaldas de sus contrincantes escapando de él, todos tras el Zurdo.

En el lugar donde estaba la copa hay ahora un cuadrado limpio de polvo. Eso, quizá, sea lo único que ha cambiado. Su madre, obsesionada con la limpieza y el orden, se ha pasado los últimos días yendo y viniendo del hospital. Hasta entonces, ha entrado cada mañana en el dormitorio para pasar el paño por los muebles y llevarse discretamente esas minúsculas motas, como si su hijo no se hubiera ido de casa, como si estuviera pasando una temporada fuera, con unos amigos. Los relojes no deberían estar llenos de arena sino de polvo. Es el polvo lo que verdaderamente nos ayuda a entender el paso del tiempo. El polvo es un fenómeno tan consistente como la gravedad pero sin su prestigio científico, ni su Newton, ni su unidad en un museo de París. Si se sostiene un cuerpo a un metro del suelo y se suelta, cae. Si se deja pasar el tiempo y nada se toca ni se remueve, el polvo también cae. No se sabe dónde está, pero está. Se deposita en las superficies planas y también en las inclinadas. Se mezcla con grasa en las campanas de cocina formando un lodazal que termina encostrándose. Metafóricamente, el polvo también se asienta en los silencios. Entre su padre y él había kilos de polvo. También en el espacio que le separa de su madre y, en menor medida, entre él y su hermana.

3

En algún lugar de la casa alguien pronuncia su nombre. ¿Juan? ¿Has llegado? Es la voz de su hermana Isabel. Juan deja el trofeo donde estaba y se asoma al pasillo. Isabel le está quitando la rebeca a la madre con la puerta de la calle todavía abierta. El resplandor que entra desde el patio hace que la silueta de las dos mujeres reverbere. Aunque lleva ya varias horas en tierra, Juan sigue sintiendo los oídos taponados por la atmósfera presurizada del avión. Las observa en silencio. Isabel intenta bajar la cremallera atascada de la rebeca. Cambia de posición, tira de la parte inferior de la prenda para tensarla pero no consigue su propósito. Es el forro, dice la madre, que se ha descosido y se me engancha. La hija resopla dando tirones cada vez más bruscos. Es que vaya con la rebeca, dice la hija. Qué le pasa. Pues que llevas con ella treinta años. Una rebeca con forro, dónde se ha visto eso. Y en pleno verano, mamá, que te vas a asfixiar. Está *flamante*, dice la madre. Flamante es una palabra que solo usa su madre. Sí, ya lo veo que está *flamante*. Por eso llevo aquí un rato pegando tirones. Sus figuras se confunden entre sí contra el resplandor exterior. Son dos luchadoras goyescas. Forman una sola mancha cuyo halo fosforescente muta como el de un microorganismo en un cultivo acuoso. Sí, mamá, está como nueva. Desde que llegué has estado quejándote de que pierdes las monedas porque tienes agujeros en los bolsillos. Te voy a comprar una nueva en Barcelona y te la voy a traer la próxima vez, lo quieras o no. Ni se te ocurra. No me vayas a comprar otra rebeca que esta está bien. Solo hay que coser el forro. O arrancárselo, dice la hija. Isabel se desespera tratando de sacar el raso de entre los dientes metálicos de la cremallera. Si tira demasiado fuerte sabe que lo terminará rasgando. Con los dedos atenazando la prenda, vocea de nuevo: ¿Juan? ¿Estás ahí? Juan se retrae dando un paso lateral. Medio cuerpo en el pasillo y medio en el dormitorio. Una visión del futuro que Juan no hace plenamente suya: pelear con la ropa de su madre. Sacarla a pasear, buscarle sopas de letras, esconder el Anís del Mono. Quizá, en breve, meterla en la ducha, lavarle los dientes, limpiarle el culo, cambiarle las bragas. Pasa por encima de esos pensamientos. Su madre no es esa clase de madre. Su madre todavía es joven, y prueba de ello es que ha cuidado de su marido hasta hace unas horas. Dentro de siete días él tiene pensado regresar a Edimburgo. Lo dice la reserva de vuelo que lleva en un bolsillo del vaquero. Una semana para dejar arreglado, junto con su hermana, el futuro de su madre y, después, ya se verá.

¿No está Juan?, pregunta la madre. Parece que todavía no ha llegado el muy. Isabel se muerde los labios. El muy cabrón, suelta. La vieja se pone rígida y se separa bruscamente de su hija. No hables así, le dice. No hables así de tu hermano. Isabel continúa maniobrando en la indistinguible masa que forman el forro, la mujer y la rebeca. Aun a cierta distancia, con los brazos totalmente estirados, sigue tratando de abrir la cremallera. No hay que ceder. No puede responder a la tensión física de su madre con una ruptura del engendro que forman. Eso equivaldría a reconocer que el empeño por desvestirla solo pretende enmascarar su enfado. Mientras siga enredada en ese empeño no estará dando vueltas por la casa, despotricando en voz alta contra su hermano.

Es lo que es, mamá. No tiene otro nombre. No haberse dignado a aparecer. Vive fuera, ataja la madre. Yo también vivo fuera y aquí estoy. Se hace el silencio.

A Juan las dos le parecen viejas. Dos señoras salidas de un vodevil, aparentemente concentradas en la nimiedad de quitarse una rebeca pero de cuyos cuerpos salen despedidos cuchillos. Juan duda entre hacerse presente, con el consiguiente riesgo de acuchillamiento, o regresar al cuarto.

Ya tendría que estar aquí. Aterrizó hace cinco o seis horas, dice Isabel.

Le habrá pasado algo.

No vamos a retrasar más esto. Papá lleva ya muchas horas en el tanatorio. Mañana por la mañana lo enterramos.

Y cada mochuelo a su olivo, completa la madre con la mirada baja, dirigida a la barbilla de su hija.

4

Tumbado boca abajo sobre la colcha, escucha los pasos cansados de su madre acercarse por el pasillo. Cierra los ojos, intenta respirar regularmente por la nariz. Inspiraciones largas para simular un sueño profundo. El sonido de los tacones arrastrándose de manera desigual. Un patrón tan singular como la huella dactilar o los colores del iris. Solo los miembros del clan pueden decodificar determinados signos. La mujer le observa desde la puerta del dormitorio. Su hijo vestido, los zapatos puestos, tirado sobre la cama sin deshacer. Podría ser un joven borracho exudando el alcohol de la última juerga, pero en la habitación solo huele a lo de siempre: ropa en el armario, papel viejo, triunfos en carreras sin gloria, objetos detenidos. Juan siente su mirada. Con los ojos cerrados pero no apretados, la imagina apoyada en el marco de la puerta sin saber qué hacer, si despertarle o dejarle dormir. El pobre estará molido después de tanto viaje, pensará la mujer. La actitud sumisa de la madre, que tan bien conoce y de la que tanto se ha aprovechado a lo largo de su vida. Escucha sus pasos aproximándose a la cama, nota su cercanía. No trata de averiguar si duerme, parece evidente, sino si su hijo está vivo. Los padres necesitan, por encima de todas las cosas, que sus hijos los sobrevivan. El mayor de los horrores tiene la forma de un pequeño ataúd blanco. Madera tan clara como el alma que se ha marchado prematuramente. El color blanco enfatiza la idea de pulimiento y ausencia de mácula. En él no se enganchan las hojas caídas de los árboles ni se acumulan las inmundicias que el viento hace revolotear. Tampoco a él se adhieren los pecados, ni la violencia. Sobre el blanco no hay forma de disimular la maldad o la desidia. Los niños son todos blancos hasta que, llegado un momento, tornan a gris. El día en el que rompen un plato y lo esconden. Ese es el día en el que los niños ya no caben en sus pequeños féretros.

Juan acentúa la hondura de sus inspiraciones y hasta se permite un ligero ronquido. Ahora que su madre sabe que está vivo, lo que necesita es asegurarse de que tiene la cara en su sitio. Simplemente constatar que al cachorro no le falta la nariz, que tiene el pelo donde debe tenerlo, que hay dos orejas, si hay en la piel alguna cicatriz o signos de alguna enfermedad. Lo que la mujer ve es el rostro de su hijo dormido, sus facciones destensadas por el sueño, el largo camino que ha tenido que hacer hasta llegar a su casa, que no es solo la casa de ella, viuda y madre, sino la de él. Porque si el muchacho no ha recibido el sacramento del matrimonio ni ha ganado una plaza de funcionario, entonces sigue siendo un ser incapacitado para sacar adelante su propio hogar. Mientras no haya matrimonio por la Iglesia o nómina blindada con catorce pagas al año, aquella sigue siendo la casa del que ahora simula dormir. Da igual que lleve cuatro años en Escocia. Tumbado boca abajo, los dedos de los pies se le salen del colchón, algo que sucede desde que tenía quince o dieciséis años. En eso piensa Juan, con su madre como un satélite de su cuerpo: que lleva durmiendo así desde la adolescencia tardía y que nunca dijo nada de aquel colchón que no acompañaba su crecimiento. Quizá dio por hecho que no se lo cambiarían o quizá ni se percató de una incomodidad que terminaría durando años. Hizo lo que tenía que hacer: apañarse. Ahora, en cambio, se acuerda de las noches frías. De la postura ovillada para caber dentro de la manta. Años sin poder estirarse en la cama durante los inviernos.

Su madre le palpa los zapatos para intentar quitárselos. Él nota como ella le toca con cuidado los talones, buscando la manera de descalzarlo sin que se despierte. Y lo que Juan hace es retraer los pies y meterlos dentro de los límites del colchón, como cuando era adolescente. La madre se separa, sobresaltada por el reflejo, desiste de su intento y hace lo posible por no consumirse viendo a su hijo sobre la colcha, vestido y calzado. Su impulso es dejarle dormir, aunque el pueblo entero lleve un día esperándole para celebrar el sepelio. Parece que la pirámide de las prioridades se invierte ante la figura de un hijo derrotado por el agotamiento de un largo viaje. Ella, que nunca supo bien a qué se dedicaba su hijo en el extranjero. Que no llegó a enterarse, o prefirió no hacerlo, de que Juan, que había estudiado en Madrid Ingeniería Forestal, se había empleado durante años en Escocia como friegaplatos y luego como ayudante de jardinero.

La mujer está aturdida por la cantidad de urgencias que la muerte activa, no del todo consciente aún de su condición de viuda pero en pleno uso de sus facultades como madre. Observa a su hijo respirar con regularidad sobre la cama y lo deja estar.

Desde el pasillo llega Isabel preguntando por el lugar en el que su madre ha guardado un cepillo para la ropa. Que si no lo habrá escondido en algún cajón. No sé cómo puedes vivir así, está diciendo cuando llega a la habitación de su hermano. Encuentra a su madre de pie frente al cuerpo dormido. Sus miradas se cruzan. La mujer agacha la cara. No hay tiempo para pensar, la ira que mana de Isabel llena el cuarto de un vapor deflagrante. Hay que escapar, salir de allí antes de que a alguien se le ocurra encender una cerilla. La mujer da un tímido paso atrás, no se sabe si para regresar a la puerta y dejar allí a sus hijos despellejándose o, simplemente, para abrir paso. En tres zancadas Isabel está junto a la cama. Se inclina, le pone la mano en el hombro y lo zarandea diciendo su nombre en voz alta. Rompe la burbuja de silencio que protege a los niños durmientes. Juan alarga un poco el despertar. Tiene que parecer que el sueño al que se ha entregado es un mandato biológico. Murmura un qué, deja escapar saliva por la comisura de los labios, aprieta los párpados antes de abrirlos exageradamente, simula que enfoca la realidad que le rodea, que tarda unos segundos en ver con nitidez a las dos personas que hay frente a él: una mujer mayor vestida de negro y una más joven, ojerosa, con una coleta pequeña de la que escapan cabellos que descomponen aún más sus facciones.

5

La tarde amarillea el cielo. Los campos que rodean el pueblo están todavía por cosechar. Las espigas aguantan erguidas a la espera de la llegada de las máquinas. No hay brisa que las meza. Solo insectos revoloteando en la turbidez ardiente del aire. Un coche atraviesa el pueblo en silencio. Un bando de perdices se oculta bajo la paja seca de un barbecho.

Están los tres sentados alrededor de la mesa de la cocina. Sobre el hule gastado hay una botella de La Casera con agua fresca. El cristal parece esmerilado por debajo del nivel del líquido. Hay tres vasos que fueron de Nocilla, llenos hasta la mitad. Solo la madre ha bebido algo. Están en silencio, cada uno perdido en un punto impreciso del cosmos. Lo único que tienen en común es que no desean mirarse. O que no tienen fuerzas. Encontrar los ojos del otro, aunque sea de modo accidental, no es deseable.

—Te esperábamos para antes —dice por fin la hermana.

Suena el tictac del reloj de cuco del recibidor.

—He venido en el primer vuelo que he encontrado.

—A papá lo ingresaron el viernes y estamos a martes.

La madre, encorvada, agarra su vaso.

—Todo ha ido muy deprisa.

—No, Juan. No ha ido tan deprisa. A papá le diagnosticaron el cáncer hace un año y cuatro meses.

—Ya vine entonces.

La madre aprieta un poco más su vaso. Isabel infla los carrillos y suelta el aire de golpe. Es idiota, piensa. Mi hermano es idiota. Voy a tener que masticarle la comida hasta convertirla en papilla y que pueda tragarla.

—Papá no había cambiado mucho desde la última vez que estuve aquí —continúa Juan.

—¿Empeorado, dices?

—Sí.

—Eso es porque en ese año y medio solo estuviste aquí esa vez. Llegaste tarde al diagnóstico de papá, te fuiste pitando y no has vuelto hasta hoy.

Juan levanta el dedo como advirtiendo de que va a decir algo, pero su hermana se lo impide.

—¿Cuántas veces te habré llamado en este tiempo? —pregunta Isabel—. ¿Dos, tres a la semana? ¿Cuántas me has cogido el teléfono? ¿Una, dos al mes? Y para qué, para decirme siempre que estabas en un descanso y que no tenías mucho tiempo. Como si trabajar de jardinero fuera conducir un autobús escolar. No me vayas a decir ahora que en ocho horas de jornada no te podías apartar un momento detrás de un seto para hablar conmigo. O cuando trabajabas en el restaurante. Me cogías las llamadas justo cuando estabas al lado de una batidora en marcha o en pleno viernes por la noche. Yo escuchando a los camareros entrar en la cocina gritando comandas en inglés y al cocinero respondiendo y venga ruido de cacharros y del roce del teléfono con el cuello de tu chaqueta de friegaplatos.

Juan arquea una ceja y, de nuevo levantando un dedo, se dispone a hacer una puntualización inane a su hermana, porque, precisamente en el último año, él ya no era friegaplatos sino pinche de cocina. Y, de no haber entrado a trabajar en el Botánico, hubiera llegado a ayudante de cocina y quién sabe si a encargado en un par de años o tres. Porque en su refugio-paraíso del norte todo funciona muy bien, y el que vale, sube, y el que no, no. Y él vale para los árboles, que, a fin de cuentas, son lo suyo, pero también valía para la cocina, que es lo único que le dejaron hacer cuando llegó a Escocia, chapurreando dos palabras y con mucha vergüenza. Se propone desmontar el monólogo de Isabel con una justificación tan débil como cierta: que no ha podido llegar antes porque la dirección de personal del jardín botánico le había inscrito en un curso sobre rododendros que impartía una eminencia mundial llegada desde Nueva Zelanda. En un platillo de la balanza, su padre agonizando en un hospital de Toledo. En el otro, un aula con ventanales mirando a un invernadero del siglo diecinueve, pupitres de diseño nórdico y una eminencia austral.

Juan cree tener razones para replicarle a su hermana, pero hasta él se da cuenta de lo ridículo que sería intentar equilibrar los platillos de la balanza, así que se guarda para sí unos argumentos que considera de peso pero que, en esa cocina y en ese momento, son pólvora mojada.

Solo llevaba seis meses en el jardín cuando le premiaron con aquel curso destinado a los conservadores de una de las joyas de la institución: una colección de rododendros con varios centenares de especies diferentes. Y eso, aunque pudiera parecer insustancial dadas las circunstancias, era de suma importancia para Juan porque venía de pasar tres años encerrado en una cocina, sacándoles brillo a los cubiertos de un modo tan pulcro que resultaba insultante en aquel antro de comida barata. Hacía aquello no porque le gustara fregar o trabajar en un sótano sin ventanas, sino porque no sabía inglés. Y en aquella cocina no aprendía una palabra porque no salía del cubículo en el que estaban los fregaderos. Allí no entraban los clientes a darle palique, tampoco los camareros o el resto del personal. La vida era carísima en Edimburgo, él no estaba dispuesto a regresar a Cruces, no les iba a pedir dinero a sus padres ni a ella. Iba a salir adelante por sí mismo, aunque tuviera que fregar todos los platos de Escocia. Cuando se dio cuenta de que sin inglés no escaparía nunca de aquel agujero, se inscribió en unas clases gratuitas que una academia ofrecía como parte de la formación de su personal docente. Dos horas a la semana de lecciones dispares a cambio de hacer de conejillo de Indias para profesores en prácticas. Y cuando tuvo algo ahorrado, se inscribió en un College en el que estuvo un año mejorando su inglés para presentarse a la primera vacante que publicara el Real Jardín Botánico. Cuando al poco de entrar a trabajar allí le ofrecieron el curso de rododendros sintió que estaba obligado a aprovechar aquella oportunidad, que era mucho más que cambiar los platos por los árboles. Aquel curso inauguraba el futuro.

El estado de su padre no había empeorado tanto en el año y medio que llevaba diagnosticado. Eso sí que quiere decirlo, que nada parecía indicar que la situación se precipitaría como lo había hecho en cuestión de una semana. Y levanta otra vez el índice para comenzar su réplica, pero Isabel le baja de nuevo la punta del dedo con la mirada y se lo presiona hacia el suelo con su ira y sus razones, que son muchas, de mucho peso en esa cocina, y están muy comprimidas por los últimos días en el hospital, los últimos dieciséis meses yendo y viniendo de Barcelona, donde vive con su familia, y los últimos años preocupada por el futuro de unos padres envejeciendo en un pequeño pueblo de la meseta. El pueblo de ambos. Los padres de ambos.

Isabel se lleva un dedo a los labios y mira hacia el techo con los ojos entornados, exagerando el gesto del que duda. Con la otra mano va tocando con cada dedo la yema del pulgar. No dice nada, solo murmura. Juan es el único que asiste a la pantomima. La madre, perdida en su vaso de agua. El momento se alarga sin que Isabel dé por terminada su representación. Juan se retuerce sutilmente, se tensa. Se muere por decir algo pero su hermana, sin mirarle, le pide con una mano que se quede quieto, que necesita todavía algo más de tiempo para resolver su cuenta. A ver, Juan, dice finalmente. Si no me equivoco, te fuiste en el verano de dos mil seis. Hoy es tres de agosto de dos mil diez. Llevas cuatro años fuera. En este tiempo has venido tres veces. La primera, cuatro días durante una Navidad de no recuerdo qué año. La segunda, cuando a papá le diagnosticaron el cáncer, y esta. En total tres putas veces y siempre tarde. La madre bufa al escuchar la palabra malsonante. A Juan le brota de la nuca un vapor caliente que asciende. Diría algo, aunque solo fuera por quitarle la iniciativa a su hermana. Necesita apartarla del volante. Pero no lo hace porque, en realidad, los números que le presenta son ciertos: tres míseras visitas en cuatro años. Dos de ellas forzadas por sendas hospitalizaciones de su padre.

Me ha sido imposible hablar contigo. Daba la impresión de que estabas siempre trabajando, nunca paseando por ahí, despreocupado, que también habrás paseado en estos años por Escocia, digo yo. Juan confirma en silencio con la cabeza, todavía contenido. No sabe si por respeto a su madre, que está allí presente, o porque considera que su hermana tiene derecho a echarle ciertas cosas en cara. Mientras Isabel viajaba de Barcelona al pueblo, que no tienen precisamente buena combinación, él se entregaba a su trabajo, su inglés, sus lecturas y también a pasear por la elegante ciudad de Edimburgo. Y ahora que lo dice la hermana, pasear, precisamente, es algo que hace mucho. Porque los parques de allí invitan a caminar, con sus grandes extensiones de césped, sin una sola mala hierba o calva, más allá de las que provocan las barbacoas de usar y tirar los fines de semana. En el tiempo que lleva en la ciudad cree haberlos recorrido todos, o casi todos. Le gusta particularmente el que está al pie del Arthur's Seat, el viejo volcán extinguido desde cuya cumbre se divisa toda la ciudad y la región que la rodea. Hay parques por todas partes, como ventanas al pasado, al tiempo en el que no había ciudad, solo rocas basálticas, árboles y pasto. Es tal la abundancia de jardines que puede que haya alguno, a la espalda de algún barrio de protección oficial, que le quede por recorrer. Ha conocido esos barrios de película de Ken Loach y, aunque no los frecuenta, también los admira. Porque en su paraíso septentrional todo tiene un nuevo sentido para él y hasta la miseria brilla. Se recuerda paseando por los distritos que se asoman a la lengua de agua que el mar del Norte clava en Escocia; desde el viejo puerto de Leith hasta la desembocadura del río Almond, en el extremo oeste, atravesando los sucesivos barrios. Se ve caminando por el que llaman Trinity, entre sus enormes casas con jardín y sus cedros; viejas iglesias protestantes reconvertidas en mansiones de diseño. Salir de esa zona y de sus aromas aristocráticos y entrar, tan solo cruzando una calle, en un barrio obrero, con jardines sin verja en los que la ropa está tendida de cuerdas sostenidas por palos clavados en la hierba. Las paredes de esas casas de protección oficial están siempre revocadas con un proyectado rugoso de cemento y grava. Esas casas tienen ventanas sin rejas, como las de los ricos, pero los cristales que separan el interior de la calle son más delgados. En ocasiones, de metacrilato. Detrás de esos cristales hay siempre cortinas con puntillas y bibelots de porcelana falsa, moquetas y butacones tapizados en piel sintética, de esos que se reclinan mucho y le levantan a uno los pies. Un televisor grande y una chimenea también falsa en la que un ventilador hace revolotear unos jirones de tela iluminados de rojo y naranja. Los trabajadores también tienen derecho a disfrutar de un descanso de primera categoría. Quien más y quien menos tiene una cama elástica en el jardín para que salten los niños. Hay bicicletas apoyadas en las verjas y algún sofá medio quemado entre los contenedores de basura repletos. También esa miseria le resulta acogedora, porque la ha visto en el cine, con la pantalla de por medio, y él la eleva de categoría porque no es la suya. La miseria que él reconoce y de la que ha tratado de escapar tiene la textura del hule, la forma de los vasos de Nocilla, los caminos polvorientos que se alejan del pueblo en los que unos y otros vierten sus escombros, sus muebles viejos, sus revistas pornográficas. La miseria que él conoce y de la que no quiere saber nada está sentada a su lado.

Continúa Isabel con sus reproches, buscándole el hígado a Juan, como un boxeador resabiado. Asume, por el silencio de su hermano, que sí, que mientras ella le llamaba por teléfono, a veces tranquila, a veces angustiada, él en parte trabajaba y en parte se desentendía de su familia.

—¿Sabes lo que hacía yo mientras tú paseabas?

—No —responde Juan con sequedad.

—Atendía a papá y a mamá.

La madre se levanta y sale de la cocina. Juan la sigue con la mirada, Isabel reorienta su silla hacia la posición de su hermano. Lo tiene atrapado y no va a parar hasta sacarse las tripas y ponérselas delante.

—Yo no tengo ni idea de lo que tú hacías —continúa—, porque no sabíamos nada de ti. A mí no me cogías el teléfono, pero sé por mamá que a ellos tampoco los has llamado. Sí, por Navidad y quizá en algún otro momento. Pero ya está.

—He hablado con mamá todos los meses desde que estoy fuera.

—No te digo que no hayas hablado, sino que no has llamado. Hay una diferencia.

—No la veo.

—Claro que no la ves, porque solo tienes ojos para tu ombligo.

Juan carraspea. Empieza a sopesar la idea de cruzarle la cara a su hermana de un bofetón.

—No te voy a contar nada nuevo de cómo era la relación entre papá y mamá.

Juan mira hacia la puerta por la que ha salido su madre intentando averiguar si está lo suficientemente cerca como para escuchar lo que Isabel está empezando a decir. Hace gestos a su hermana para que baje la voz. Isabel continúa como si nada.

—Ya sabes cómo era él y cómo es ella. Ya sabes lo que cada uno necesita. A papá no hacía falta que le llamaras. Al contrario, seguro que agradecía no tener que hablar con su hijo los domingos por la tarde después de la siesta. Seguro que a él le producía la misma incomodidad que a ti. No te preocupes, esta vez la culpa no es tuya. Conmigo tampoco quería hablar. Cuando mamá le pasaba el teléfono, la conversación duraba treinta segundos.

Ese era papá, pero mamá es otra cosa. Necesita hablar con nosotros, pero, sobre todo, que la llamemos. En concreto que la llames tú.

—Porque tú ya lo haces, claro.

—Pues sí. Lo hago. Lo he hecho y lo seguiré haciendo. Igual que te he llamado a ti durante estos años. Si me hubieras cogido el teléfono te habría contado cosas que no creerías.

—Adelante.

—Vete a la mierda, Juan.

—Es el momento, cuéntame lo que quieras.

—No entiendes nada.

Juan se levanta y sale de la cocina. Isabel se queda sola. Agarra su vaso, como antes su madre, y lo aprieta. Desea hacer lo que ha visto tantas veces en las películas: estamparlo contra una pared. Que su angustia estalle junto con el vidrio. Pero en las películas después del lanzamiento dicen «corten» y la actriz se relaja y le aplauden los miembros del equipo y alguien viene a colocarle el pelo y a ponerle sobre los hombros una batita color crema. Luego se sienta en una silla con su nombre y el actor que hace de hermano vuelve de detrás del decorado, se acerca y se felicitan mutuamente y comentan lo contenida que ha estado la veterana actriz que hace de madre. Y en medio de todo eso, una mujer que probablemente no saldrá en los títulos de crédito recogerá con discreción los fragmentos de vidrio y pasará un paño por los azulejos y por el suelo y dejará el set como si allí no hubiera sucedido nada, no vaya a ser que alguien se corte o que el director quiera volver a repetir el plano porque no está seguro de haber visto en los ojos de la actriz que hace de hija suficiente cansancio y desesperación.

Aunque lo desea con ansia, Isabel tiene al menos dos motivos para no reventar el vaso contra la pared. El primero es que hará sufrir más a su madre, cosa que a veces le da igual y a veces no. Pero en esta ocasión sí que le importa, porque su marido acaba de morir y su cuerpo sigue esperando a que lo entierren. Bastante para una mujer de su edad y más en su estado. Por otra parte, la ira que siente ahora no ha sido instigada por su madre sino por su hermano, al que ella se refiere mentalmente como *el idiota*. Sentada en la cocina, sola, apretando el vaso con firmeza, una salmodia se abre paso en su cabeza: *idiota*, *idiota*, *idiota*.

El segundo motivo por el que no lanza el vaso es que será ella quien tenga que recoger los trocitos de vidrio, cosa que, simplemente, no le apetece hacer porque está al límite de sus fuerzas.

6

Son las ocho cuando se suben los tres en el coche para ir a Torrijos. Es un vehículo nuevo cuyo interior huele a concesionario. Isabel y la madre van delante y él detrás. Juan se ha aseado, se ha puesto una camisa que había en el armario y el mismo pantalón que traía. La madre se ha cambiado el vestido por otro que es exactamente igual: el mismo corte, el mismo género, de un negro más intenso este. Lleva en el regazo, doblada, una rebeca de hilo negra, sin forro ni bolsillos. Las mujeres españolas de su edad guardan en sus armarios vestidos negros para cuando llegue el momento, que siempre llega.

La carretera que une Cruces con Torrijos es una recta de ocho kilómetros. Juan la ha recorrido cientos de veces. Con sus padres, conduciendo él mismo el viejo Renault 4 de la familia, en bicicleta, andando, corriendo. A Torrijos había que ir para que te pusieran el teléfono, para denunciar el robo de un apero, para una compra mensual, para vestirse de domingo, o de luto, o de corredor de campo a través. A Torrijos hay que ir a coger el tren que discurre cadencioso hacia Extremadura o hacia Madrid. Hay un mercadillo los sábados por la mañana. Allí están la fruta más barata, las bragas de algodón, las cacerolas. Allí también están los bares para jóvenes. En uno de ellos, El Portón, conoció Juan, y el resto de la comarca, las cervezas por litros. Eran principios de los noventa y, hasta entonces, la cerveza se servía en vaso de tubo o en copa. Siempre con unas aceitunas o unas rodajas de chorizo sobre una rebanada reseca de pan de pistola. Nunca antes en un recipiente comunal de plástico.

Juan va recostado en el asiento de atrás, con la cabeza a la altura de la parte baja de la ventanilla, por lo que solo ve una franja de tierra y mucho cielo. No hay nubes en lo alto. Solo azul y algún gorrión. Ve el horizonte, la ermita sobre su promontorio, el tejado de la granja de pollos, los olivares, que se asientan sobre las suaves colinas. Se ve pasar también a sí mismo, muchos años atrás, subido al coche de alguien del pueblo que le ha cogido haciendo dedo. ¿Cuántas horas de su juventud empleó mostrándoles el pulgar a los conductores que salían en dirección a Torrijos? El día del concierto de Kiko Veneno fue uno de ellos. El camino de regreso, sin embargo, lo hizo en el coche de Fermín, un amigo con el que corría en el club de atletismo. Del concierto se fueron a El Portón, donde la fiesta continuó durante horas hasta que Juan terminó en el suelo entre las piernas de los jóvenes que todavía aguantaban. Fermín, que ni bebía ni tenía carnet, se arriesgó a cogerle el Mercedes a su padre, metió a Juan en el asiento de atrás y lo llevó de vuelta a Cruces, a donde llegaron amaneciendo. Lo sacó del coche y lo condujo, patio arriba, hasta su cuarto. Silencio en la casa. Los padres y la hermana durmiendo (o quizá también en Torrijos, con sus amigas). Lo dejó en la cama, le quitó las zapatillas y, antes de salir del dormitorio, tuvo que buscar a toda prisa una olla en la cocina para recoger los vómitos que se le vinieron a Juan al tumbarse.

Pasó el resto del fin de semana tirado en un sofá que había en el comedor, medio convaleciente, medio avergonzado. Contaba con que le caería algún sermón, de esos que los padres dan más por oficio que por convencimiento: el alcohol es malo, el tabaco es malo, no obedecer es malo. Sermones que, por lo demás, acentuaban la distancia entre las generaciones porque no eran capaces de señalar los verdaderos peligros de cada tiempo. Cuidado con la cerveza, les decían, sin mencionar siquiera el éxtasis o el sida. Era una corrección hecha con la boca pequeña porque, con aquella borrachera seguida de aquella resaca, Juan se sentaba por vez primera en la mesa de los mayores. Acababa de intoxicarse en el ara de sus ancestros y por eso, superada la pantomima, lo que siguió fue una procesión de vecinos que entraban en la casa a por sal o a por lo que fuera y terminaban, conducidos por la madre, en la puerta del salón, desde donde le veían hecho un guiñapo sobre el sofá. Risitas, codazos, joviales admoniciones de unos y de otros, que se congratulaban tribalmente viendo que el muchacho había entrado en sociedad como Dios manda: con jaqueca.

7

El tanatorio está en un polígono industrial a la salida de Torrijos, entre un descampado y una fábrica de rótulos luminosos. Vacío, muerte y palabras que refulgen. Enfrente hay un vivero y un almacén de abonos. Pasan con el coche por delante de la puerta del tanatorio, junto a la cual la madre reconoce a un vecino de Cruces. Siguen avanzando hasta que encuentran un hueco libre en el que aparcar. BOSCH CAR SERVICE, dice el cartel azul del taller cerrado. Juan no recuerda que hubiera instalaciones funerarias de ese tipo en Torrijos. Siempre ha habido alguna empresa para gestionar las defunciones pero no tanatorios.

El motor se apaga, Juan se reincorpora y se quita el cinturón para salir a la calle. La cabeza de Isabel asoma por entre los asientos delanteros.

—Juan, tenemos que hablar.

—Ya hemos hablado en la cocina.

—Eso no es hablar.

—Eso es hablar.

—Tú no has dicho nada.

—No tengo nada que decir.

La madre está quieta en su asiento, esperando a que Isabel la libere de su cinturón. La hermana hace varias inspiraciones largas y pausadas. Lo ha aprendido en sus clases de yoga. Respirar profundamente, porque, entre otras cosas, así llega más cantidad de oxígeno a la sangre. Y cuanto más oxígeno, mejor.

—Pues yo no he terminado de hablar. Pero ahora vamos a entrar en el tanatorio para atender a la gente, mañana enterraremos a papá en el cementerio de Cruces y luego volveremos a casa, cerraremos la puerta y escucharás lo que tengo que decirte.

El velatorio ha sido dispuesto en una sala cuadrangular a la que le ha sido hurtada una parte reservada al finado. Quien lo desee puede verlo a través de un cristal. Juan no se asoma. Cumple con sus obligaciones de anfitrión como un niño bien educado, haciendo un esfuerzo consciente por ser amable y sentido, incluso con aquellos a los que no conoce. Sus cortos desplazamientos por la sala se parecen a los que haría un robot al que hubieran limitado sus movimientos con dos sencillas líneas de código: evitar la zona desde la cual podría ver a su padre y esquivar a su hermana.

En los corros que se forman recibe el pésame, algo que no sabe muy bien qué significa porque es una fórmula tan manida que parece incapaz de recoger la mínima chispa de emoción verdadera. Te acompaño en el sentimiento, le van diciendo uno por uno. Algunos hombres se le acercan de frente, alargando su mano hacia él, buscándole la mirada. El pésame de los hombres es otra demostración de masculinidad. Vienen decididos, cumpliendo un mandato que no pueden delegar porque se trata, precisamente, de que el doliente los identifique. Eso es todo, verse las caras y conectar el dolor presente con algún episodio compartido del pasado. Le estrechan la mano con decisión, le miran a los ojos. Fuerza es lo que vas a necesitar a partir de ahora, dicen esas manos que aprietan la suya, esos ojos que perforan los suyos con una hipocresía que ni ellos mismos perciben.

Hay señoras, sin embargo, que se le acercan de otro modo. Lo hacen con menos decisión que los hombres y ya desde que logran el primer contacto visual se empiezan a morder el labio inferior y a menear la cabeza en señal de pena y de no hay derecho, con lo buena persona que era y hay que ver, qué trabajador. Pero que no se preocupe Juan, porque Dios ya lo tiene en su seno, que es donde terminaremos todos. La mayoría de ellas lamenta que la muerte de su padre le haya cogido tan lejos. Porque suponen que, si está en *Inglaterra*, es porque el muchacho no se ha podido colocar aquí. Ni siquiera en Toledo o en Talavera. Que te hayas tenido que ir tan lejos a encontrar trabajo, Juan. Hay que ver cómo está España. Pero, bueno, si llevamos un día esperándote será porque lo que sea que haces allí debe de ser importante y encima, en inglés. Juan asiente en silencio y por pura imitación también él se muerde el labio inferior como diciéndole a la señora de turno que la comprende y que comparte la idea del seno divino y del fin de los tiempos. Qué le va a decir a la mujer. Que trabajo había en Toledo y en Talavera. Incluso en Cruces, en el negocio de su padre. O que para terminar fregando platos o acarreando estiércol con una carretilla no hacía falta irse tan lejos. Juan aprovecha esa gestualidad de velatorio para dejarlo todo en un plano cortés. Pero si no fuera así, si en ese mismo instante le alcanzara el rayo de la verdad, el que desata la mente y las entrañas, se llevaría a la señora a un rincón, donde una palmera de plástico combate ella sola el *horror vacui*, y la sentaría en una de las sillas hospitalarias que allí hay. Señora, le diría, agradezco mucho su pésame, aunque usted no sepa nada de mí. Entiendo perfectamente cómo funciona lo funerario y no le voy a aguar la fiesta. Entiendo que se haya acercado a mí y que haya lamentado la muerte de mi padre y el estado en el que queda ahora mi familia y la desgracia de que yo viva en el extranjero y que, por un trabajo que usted supone muy importante, yo no haya podido cumplir plenamente con las obligaciones del buen hijo. Pero le diré algo, señora. Yo en Escocia, hasta hace unos pocos meses, no he hecho nada verdaderamente importante. Sin duda mi madre la ha informado mal. Ella piensa o quiere pensar que algo crucial me retiene allí porque, de lo contrario, yo habría estado donde tengo que estar. Pero en realidad yo soy ayudante en un jardín. Uno especial, pero jardín, al fin y al cabo. Me pongo mi uniforme caqui con logotipos y recojo los restos de poda que mi superior deja caer al pie de los árboles. Me encargo de los fertilizantes y de descargar los camiones de tiestos y de preparar mangueras y cosas así. Antes de eso, fregué muchos platos y cubiertos y tartaletas de hojaldres. Esos fueron los primeros años. En el restaurante, por lo menos, cuando el día era flojo y había pocos comensales, me dejaban preparar las ensaladas. En el jardín botánico, como es una institución científica pública y los escoceses son gente muy formal, no me permiten salirme ni una coma de lo que pone en mi contrato a no ser que reciba la formación específica que me habilite. Rododendros, sin ir más lejos. Eso sí que es importante. Pero, de momento, no puedo ni quitarle un brote bastardo a un acebo. A veces, incluso, si mi superior tiene dudas, mandan llamar a uno de los investigadores que trabajan en el laboratorio para que dé o no su visto bueno. Yo me quedo esperando a que la cadena de mando decida y, al final, me encargo de acarrear los restos de lo que sea. Soy, más que nada, un trabajador de carga. Hasta ahora se me ha valorado por mi capacidad para transportar cosas de un lugar a otro. Algo que, como se puede imaginar, también puedo hacer en Cruces. De hecho, mientras trabajé con mi difunto padre, expuesto tras ese tabique, me deslomé trayendo y llevando tablones de pino, barriendo serrín y cargando bidones de pegamentos y barnices. Si yo estoy tan lejos, señora, es porque no quiero estar aquí. Así de sencillo. He decidido renunciar a mis obligaciones como hijo. Ahora soy un apátrida en lo que a familia se refiere. O, dicho de otro modo más nuestro, un descastado. Y entiendo, señora, la cara que me está poniendo porque lo único que usted quería era decirme que no estoy solo en el mundo. Que además de mis seres queridos, la tengo a usted. Y créame que se lo agradezco, señora, pero los descastados somos egocéntricos y anteponemos nuestra conveniencia y placer a las obligaciones de la casta. De eso se trata. Por eso, dentro de siete días, cuando todos ustedes estén dedicados a sus cosas y esto les parezca un acontecimiento de hace meses, cuando mi padre tenga su lápida y yo haya dejado la casa de mi madre preparada para su nueva vida, volaré de regreso a la mía con las cosas claras, que mi hermana Isabel ya me ha dado un repasito. Lo digo así, con sorna, aunque en realidad sé que tiene razón y me hace sentir vergüenza la dejadez con la que me he comportado con respecto a mi familia. No pasa nada. En cuanto todo esto termine y yo esté de nuevo en mi sitio, la enseñanza que me ha sido mostrada a hostias, disculpe la blasfemia, ocupará su lugar en mi ser y yo cuidaré telefónicamente de mi madre y vendré en Navidad y en verano también y haré todo lo posible por estar pendiente de su salud física y emocional. Eso es lo que voy a hacer. Y también tratar de adelantarme a Isabel cuando lleguemos a casa después del entierro, tomar la iniciativa y decirle todo esto a ella, pero de mejor manera. Que entienda que, aunque pueda parecerle ridículo, tenía y tengo mis motivos para vivir donde vivo y hasta para haber apurado tanto mi llegada. Y que vea que no solo he comprendido la lección, sino que me muestro humilde y agradecido ante su magisterio. Que sepa, de paso, que yo siempre seré el hijo de mi madre y su hermano. Que vuelva a Barcelona tranquila, sabiendo que yo estaré *ahí* cuando haga falta. Que le cogeré el teléfono y volaré cada vez que de verdad sea necesario. Y, quién sabe, quizá incluso me acerque alguna vez a verla a ella a Barcelona, que hay vuelo directo. Cualquier fin de semana a principios de primavera me planto allí y disfruto de ella y de mis dos sobrinos, que ya no sé ni cómo estarán de grandes. Y hablaré con Andreu, mi cuñado, con el que apenas he compartido unos días desde que se casó con Isabel. Pero, insisto, que aunque me vea usted ahora un poco cínico, reconozco mi pecado y lo voy a enmendar.

Eso es lo que Juan habría dicho si el rayo de la verdad le hubiera caído encima. Pero en el falso techo de escayola los rayos de la sinceridad han sido sustituidos por unos fluorescentes cuya luz no invita a la catarsis. Así que Juan agradece el pésame de la mujer y se prepara para recibir al siguiente, en este caso, un hombre.

Lo ha visto al fondo de la sala, aguardando su oportunidad junto a la palmera de plástico. En ese momento la madre está medio hundida en un sofá de cuero de imitación que hay en un rincón, con Isabel a un lado, sujetándole la mano. Hay un par de corros repartidos por el espacio, algunas personas sentadas en los pocos asientos disponibles, gente que entra y sale, allegados que miran sus teléfonos. Su padre le está llamando desde su frigorífico acristalado. Le lleva citando desde que han entrado en el tanatorio. Ahí, escondido en una esquina. Quienes diseñan las instalaciones funerarias orientan los espacios para que la visión de la muerte sea opcional. Que sea cada uno, dueño de su voluntad y albedrío, quien se vea cara a cara con el difunto si así lo necesita o desea. Ese espacio generalmente está vacío. Tan solo Isabel se acerca cada tanto y se queda un rato allí, apoyada en una pared, mirando el interior de la pecera. Su rostro queda iluminado por la misma tenue luz que se proyecta sobre el féretro.

El hombre de la planta se acerca. Germán, dice Juan y, por primera vez desde que está allí, sale de él un abrazo espontáneo. No es exactamente un abrazo fraternal, no se funden en él. Se aprietan como se aprietan algunos hombres y lo culminan con unos manotazos en la espalda del otro. Cuando se separan, Juan asiente comprensivo ante los ojos húmedos de Germán. Lo nota cansado. Tiene papada, le han salido unas bolsas debajo de los ojos y las canas ganan ya en número a los cabellos oscuros.

—Cuánto tiempo, Juanito —dice Germán.

—Mucho, sí.

—Te acompaño en el sentimiento.

—Gracias.

—Lo siento de verdad.

Germán debe de andar ya por los sesenta. Lleva la barba de siempre. Da igual que se afeite cada mañana. Suspira con fuerza y se lleva el pulgar y el índice a la cara para cerrarse los párpados. Los sollozos le agitan la papada. Se limpia las lágrimas con el pulpejo de la mano. Tiene la mirada baja. Le cuenta que va a echar mucho de menos a su padre. Que trabajar sin él se le va a hacer muy cuesta arriba.

—A ver qué quiere hacer tu madre con aquello.

Aquello es la fábrica de puertas. Entre ellos la llaman fábrica, quizá por el tamaño desproporcionado de la nave en la que está, pero no es más que un taller familiar en el que, en algún momento de mucha carga, han llegado a trabajar no más de cuatro o cinco personas. *Aquello*, piensa Juan de manera automática, es una losa que él consiguió quitarse de encima cuando se fue a Escocia y cuyo futuro, ahora que falta el viejo, no puede ser otro que el cierre.

Germán ha sido el empleado de su padre desde que montó el negocio y ha estado siempre ahí cuando se le ha necesitado. En las matanzas, sujetando al cerdo. En la vendimia, organizando las cuadrillas. En la varea, todos los inviernos. En la fábrica, abriendo y cerrando. Germán trayendo liebres y perdices de sus jornadas de caza para que la madre las cocinara. Venía, se las entregaba a la mujer y se marchaba. Ni ella le decía que se pasara a comer ni él lo insinuaba. Cuando había que encalar la casa, cuando había que acercarse a Torrijos a por una medicina, cuando había que llevar a Juan a las carreras o a Isabel a clases particulares. Juanito e Isabelilla. Solo él se permitía derrochar sílabas al pronunciar sus nombres. Juan siempre pensó que el cariño que sentía hacia ellos se debía a que era soltero. Un hombre sin nadie a quien entregarle sus afectos es un hombre al que le sobran.

El tiempo pasa para Juan entre apretones de manos y charlas corteses. A ratos se sienta junto a su madre y guarda silencio mientras ve a su hermana recibiendo a unos y a otros, ella sí, con abrazos fundentes. La madre al lado, encorvada, disminuida por su propio luto. Su cercanía es un agujero negro que consume su energía. Sentado junto a ella le viene a la memoria la escena de la rebeca, unas horas antes. Isabel forcejeando con la madre, pegada a ella. Intentando ayudarla pero, al mismo tiempo, enfadada y enfadándola. Qué hacer con un agujero negro que atrae y fagocita. No quiere pensar en lo que sucederá cuando al día siguiente regresen a casa, después del entierro, y se queden solos los tres. Con Isabel esperándole y él tratando de atajarla. Nadie más allí y un futuro por delante tan negro como el traje de la madre. Pero no quiere pensarlo, como tampoco quiere creer que el cuerpo de su padre esté al otro lado de la pared de su izquierda. Se levanta, atraviesa la sala esquivando a los asistentes, sale al pasillo y luego a la calle, a respirar el aire cálido de la noche. Un aire que transporta olores de los campos de cereal agostados que rodean el pueblo. Si fumara, ese sería el momento propicio para un cigarro. Aspirar profundamente el humo del tabaco, llenarse los pulmones con él y luego soltar la nube por la boca y la nariz. Y en esas está cuando ve acercarse a alguien por la acera. A esas horas solo puede ir al tanatorio. Solo puede ir a verlos a ellos.

Es Fermín, su amigo de la infancia, su compañero de entrenamientos y, más tarde, de fechorías adolescentes. Con él, además de entrenar, jugaba al frontón en la pared de la escuela, robaba melones en las huertas próximas, hacía que fumaba cigarrillos que no eran más que trozos de papel enrollados. Querían parecer malos, pero no tenían dinero ni para tabaco. Fermín todavía luce el tupé de cuando se hizo *rocker*. El mismo molde capilar bien armado con gomina. Apenas se han visto desde que Juan se fuera a estudiar a Madrid, más de quince años atrás. Eran uña y carne hasta que sus caminos se separaron. La nueva vida universitaria absorbió a Juan por completo. Dejó de ir a Cruces los fines de semana y, los pocos que se pasaba por allí, se quedaba en casa. Al tiempo que él comenzaba a estudiar Ingeniería Forestal, Fermín se incorporaba a la fábrica de molduras de su familia. Esa sí, una verdadera fábrica: más de cuarenta empleados, exportación, ferias internacionales, normas de seguridad e higiene, derechos laborales.

Se abrazan brevemente, quizá por primera vez en sus vidas. Pésame, respuesta a pésame, asentimientos, apretones de labios, movimientos de negación con la cabeza, silencios con grillos y cigarras al fondo. No hay manera de entender la muerte y por eso el ser humano ha desarrollado esa gestualidad apesadumbrada y difusa. Superada la fase teatral, comienza la puesta al día. Fermín pregunta por Escocia y Juan lo agradece. Le hace un resumen de los últimos años allí en un tono burocrático: trabajo, vivienda, salud, amoríos. No hay épica en el relato. ¿Y tú?, pregunta Juan. Tampoco Fermín se anda con rodeos: boda, dos hijos, la fábrica de molduras cerró después de algunos años de declive. Casi todas las que había en el pueblo, que eran muchas, se hundieron antes que la suya. ¿Quién enmarca ya?, se pregunta en voz alta. Antes la gente hacía cuadros con todo: el título de bachillerato o las fotos de la boda. Le ahorra los detalles del penoso proceso de desmantelamiento de la empresa, que tuvo que asumir él en solitario porque su padre, después de toda una vida entregada al negocio, no pudo con el cierre. Cuenta que, liquidada la fábrica y pagadas las deudas, encontró trabajo como aprendiz de mecánico en el mismo taller al que habían llevado de siempre los coches de la empresa y de la familia. Ese de ahí, le dice señalando con el mentón al cartel azul de BOSCH CAR SERVICE. Menos mal que en el pueblo nos conocemos todos. No solo me dieron trabajo, sino que nos compraron las furgonetas de la empresa y hasta el Mercedes de mi padre. Pasé de llevarlo cada primavera para que le hicieran la revisión a cambiarle yo mismo el aceite a medio pueblo. Después de una larga temporada en el taller quiso cambiar de aires y abrió un bar de copas, sufrió un ataque al corazón y cerró el bar. Eso fue el año anterior. Juan le pone la mano en el hombro invirtiendo por un momento los papeles. Ese brazo que los conecta es un puente por el que circula su apoyo y también la culpa. En el tiempo que lleva fuera no se ha interesado apenas por él. El norte ha absorbido toda su atención y su energía y no ha hecho nada por evitarlo. Al contrario: ha remado en aquella dirección porque únicamente alejándose de su origen, sentía, podía fundar su propia vida.

Tras un infarto de miocardio a la edad de treinta y tres años, Fermín le cuenta que ha vuelto a correr por los caminos y a la alimentación sana. Menos mal, le dice, que ni llevando el bar de copas bebió alcohol. Ahora se gana la vida instalando wifi por la comarca. Fincas aisladas y urbanizaciones de la época del ladrillo a medio ocupar a las que a las grandes operadoras no les merece la pena prestar el servicio. También ha montado un pequeño taller en su garaje en el que repara motos a gente del pueblo. Un extra, dice. Fermín pregunta por la madre. Juan pasa de puntillas. Pregunta por la hermana, mejor no hablar. Pregunta por el padre y Juan recuerda que sigue ahí y que ahí va a seguir hasta que lo lleven al cementerio.

—¿Lo has visto? —se interesa Fermín.

—No.

—¿Lo vas a ver?

—No lo sé.

Juan propone caminar un poco por la acera mientras hablan. Necesita mover las piernas. Fermín le habla del cariño que siempre ha sentido por la familia de Juan. Dadas las circunstancias, se permite esa confesión. Un cariño hecho de veranos en la huerta de Cruces, de bocadillos de salchichón que la madre de Juan les preparaba, de baños en la alberca y de las monedas que el padre le daba por ayudarlos o recoger la uva. Le cuenta que se ha encontrado varias veces con su madre en el mercadillo de los sábados y que por ella ha ido sabiendo cómo estaba él y cómo fue el día en el que les anunció que se iba a Escocia. Cada vez que me he cruzado con ella, cuenta Fermín, me ha hablado de aquel día y de la discusión que tuviste con tu padre. Juan lo reconoce. La última imagen que tiene de su padre sano es una imagen violenta. Si fumaran, le ofrecería un cigarrillo a Fermín, pero como no fuman y, además, Fermín es un cardiópata, Juan se palpa los bolsillos y saca un folio doblado en cuatro. Lo despliega y aparece la reserva para el vuelo de vuelta. IB3690, Madrid-Edimburgo, diez de agosto de dos mil diez, ocho treinta y cinco horas. El martes siguiente, seis días. Lo vuelve a plegar por la doblez central, la repasa bien con una uña y divide el folio en dos mitades. Se guarda la superior, con los datos del vuelo, y vuelve a dividir la que queda en otras dos mitades. Le alarga uno de los trozos a su amigo, él se queda con otro y, sin decirse nada, cada uno forma un canuto con su parte y se lo lleva a la boca. Luego Juan hace como que enciende un mechero y le da lumbre a Fermín, que protege la inexistente llama de un viento que no corre. Hace que su cigarrillo tarde en prender, siguiendo una liturgia que se remonta a su adolescencia compartida. Cuando Fermín da por encendido su pitillo, Juan prende el suyo. Durante un rato hacen que fuman, los dos en silencio, los dos abandonados a la calidez del aire y a los recuerdos, dejando que el humo los envuelva. Los dos llenándose los pulmones con inspiraciones profundas porque, en situaciones así, cuanto más oxígeno, mejor.

Cuando regresan al velatorio, ni su madre ni su hermana están. Solo hay una pareja mayor que Juan no reconoce. Se acercan a ellos. No te acuerdas de nosotros, ¿verdad?, le preguntan a Juan, que niega con la cabeza. Fermín le estrecha la mano al hombre y le da dos besos a la mujer y luego informa a Juan de que él es don Nicolás, el maestro, y ella Carmen, su mujer. Durante un tiempo tuvimos mucha relación con tus padres, pero luego dejamos de vernos, dice el hombre. Una vez les prestamos una tienda de campaña para que os fuerais de vacaciones, añade la mujer, pero no creo que te acuerdes. Juan asiente. Sigue sin saber quiénes son, pero gracias al detalle de la tienda es capaz de situar la época. Carmen les informa de que la madre y la hermana han salido un momento a la cafetería de un hotel cercano porque no habían cenado nada y ya son más de las once de la noche. Estábamos esperándolas para despedirnos. Juan sabe que ese descuido, el no haber estado atento a las necesidades de su madre, figurará también en la factura que su hermana le pasará al día siguiente. Fermín le propone ir ellos a picar algo, pero Juan declina la invitación porque no quiere cruzarse con Isabel. Cuando llegue a casa cenará, le dice.

Entran Isabel y la madre. Cuando ven al matrimonio, Isabel conduce a su madre hasta ellos, ignorando a Juan. Hablan un momento, se despiden de los presentes e Isabel los acompaña a la puerta. Fermín aprovecha para marcharse también. Da dos besos a la madre y luego se dirige a Juan para decirle que le verá al día siguiente, en el cementerio. A las doce, ¿no? Juan no sabe qué responder. A la una, le corrige Isabel, que llega desde la puerta. Antes de salir, Fermín comenta algo con Isabel, le da dos besos y se marcha.

A Juan le suenan las tripas. Zumba uno de los fluorescentes encastrados en el techo. Se han quedado solos. Ni cigarras ni grillos allí dentro.

Pues cuando queráis nos vamos, dice Juan. Silencio que absorbe el zumbido y el ruido de tripas vacías. La madre que levanta la cara por primera vez en todo el día y habla: ¿Pero cómo vamos a dejar a papá solo? No, hombre, no. Yo me quedo aquí. Vosotros podéis ir a casa a descansar un poco y mañana por la mañana venís a recogerme. ¿Pero qué dices, mamá?, ataja Isabel. Tú estás tonta. No hay desprecio en ese *tonta* porque no significa falta de inteligencia sino ausencia momentánea de juicio. Ese «tú estás tonta» también significa «mamá, deja de hacer de madre. No tienes que estar sacrificándote todo el día, ni por nosotros ni por tu marido muerto. El martirio es inherente a tu condición y a la de casi todas las mujeres españolas de tu generación. Pero la idea de que te quedes esta noche sola en el tanatorio es ridícula. Y no solo eso: que nosotros te dejemos aquí mientras nos vamos a descansar sería algo infame». Isabel inclina la cabeza hacia un lado para buscarle la mirada a su hermano, ensimismado. Los hombros de Isabel, tensos, a punto de rozarle las orejas. Insiste, resopla con la fuerza de una ballena franca. Despierta, Juan. Parece que el niño no ha escuchado la sandez de la madre porque, por lo visto, está muy cansado de tanto viaje.

—No, mamá, nos vamos a casa —dice Isabel.

—¿Y papá? ¿No lo va a velar nadie? Dónde se ha visto eso.

—En ninguna parte —corta Isabel.

—Me quedo —dice la madre.

Isabel suspira. Un poquito más de tiempo para que Juan reaccione, cosa que no hace. Y viendo que el muchacho no espabila, Isabel procede a exponerle a su madre lo que Juan tiene que escuchar.

—Madre, llevamos ya muchos días sin parar. Tienes que ir a casa, dormir, ducharte y estar lista para ir mañana al entierro.

Suenan las tripas de Juan.

—Yo me quedo —dice.

8

No hay más difuntos esa noche. En recepción pregunta por la cantina. Cerrada. ¿Algo que comer? El conserje señala una máquina de *vending* al otro lado del vestíbulo. Cena una bolsa de patatas fritas con sabor a jamón, otra de cortezas de cerdo, dos chocolatinas y una lata de Coca-Cola. Mientras se come las patatas, supone que en el edificio solo están el conserje y él. Se pregunta cuántos muertos habrá bajo el mismo techo, si habrá cámaras frigoríficas allí dentro. Termina la cena, apura el refresco y tira los envases en la papelera de la esquina. A las doce de la noche el conserje hace disminuir la intensidad de la iluminación, algo que Juan agradece. Se quita los zapatos y se tumba en el sofá.

Se despierta sudando en mitad de la noche. La tapicería del sofá brilla por la humedad. Todo está tal y como lo dejó antes de echarse. La palmera de plástico, la puerta entornada, la intensidad de la luz. No sabe si ha dormido mucho o poco o, incluso, si ha dormido. Todo lo que ha visto en su cabeza sucedía en Edimburgo. Pero no en la ciudad de la que acaba de volver. Su ensoñación tenía la misma textura de los sueños eróticos, donde lo deseado adquiere una intensidad que en la vida real no se da. Paseaba bajo el castillo, por los jardines de Princess Street, sintiéndose único, notando la hierba fresca bajo sus pies como un privilegio al alcance de una sola persona: él.

Se levanta, se estira. Está medio dormido y no tiene claro dónde se encuentra. Camina tres o cuatro pasos en una dirección, luego en la otra y entonces se da cuenta de dónde está y de qué hace allí. Al otro lado de un vidrio puede ver un féretro abierto tapizado de raso blanco y a su padre dentro.

Regresa al sofá y se sienta. A pesar de lo poco que ha dormido, se nota alerta. La sorpresa al ver a su padre, al otro lado del cristal, actúa en su cuerpo como una hormona estimulante que le impide dormir. La visión del cuerpo sereno de su padre debería haber sido un hacha afilada contra su corazón. Tendría que haberse derramado ante el cristal, pero no lo ha hecho. Sentado, piensa en el día en que su relación se torció definitivamente.

Juan eligió un domingo de finales de marzo para decirles a sus padres que se iba a Escocia. Y lo hizo mintiendo. En el patio de la casa florecían ya las margaritas y los geranios y el pozo todavía tenía agua. Habían comido arroz con perdiz, un plato de la tierra que su madre llevaba cocinando toda la vida y en el que era fácil encontrarse, entre los vagos de arroz, pequeñas bolitas de plomo. Terminado el postre, el padre se dispuso a quedarse dormido viendo la televisión cuando Juan dejó de recoger la mesa y llamó su atención. Mintió diciéndoles que había conseguido una beca de un año para trabajar de *lo suyo* en Escocia y que ya había comprado el billete. La beca la otorgaba el Real Jardín Botánico de la ciudad de Edimburgo y entre las titulaciones que se requerían estaba la de ingeniero forestal, la suya. La madre dejó de recoger la mesa y el padre apartó por un momento la mirada de la pantalla y se giró hacia él. No dijo que necesitaba perderlos de vista ni que ya tenía casi treinta años y que, si no salía del pueblo, se iba a ver atrapado en la fábrica de puertas, en los ciclos de cosechas y en las muchas ataduras que la tierra y la familia imponen. Su madre, callada. Fue el padre el que, saliendo a marchas forzadas del sopor al que ya se había entregado, habló. En un primer momento no prestó atención a las partes más gruesas de lo que su hijo les decía: un país extranjero, un idioma que no dominaba, una profesión que nunca había llegado a ejercer.

—Un año es mucho tiempo —dijo.

—Es lo que dura la beca —volvió a mentir Juan.

—No nos habías dicho nada de trabajar fuera.

—Estaba esperando a que me lo confirmaran.

El padre volvió la cara hacia el televisor. En la pantalla, un hombre a caballo con sombrero oscuro y la culata de un rifle apoyada en el muslo le hablaba a alguien que estaba de pie junto a una valla de madera. Era cierto, no les había dicho nada. Se había comportado de forma taimada desde el momento en el que vio el anuncio en un foro de exalumnos de su antigua facultad. Pedían ser licenciado en Ciencias Ambientales, Biológicas o Forestales. También había que acreditar un nivel C1 de inglés, cosa que él no podía hacer. Aun así, se agarró a aquel anuncio como un náufrago a un trozo de madera. Les dijo que tenía billete para el cuatro de septiembre, que quedaban más de cinco meses y que todavía había mucho tiempo para dejarlo todo atado en la fábrica. Lo siguiente que dijo el padre tampoco tenía nada que ver con su bienestar, ni con la decisión en sí de marcharse, ni con que la hubiera mantenido en secreto.

—No vas a estar para la vendimia —le dijo.

—No.

—Entonces, ¿quién va a hacer lo que tú haces?

El padre le recordó que él no podía porque tenía que estar con el tractor, yendo y viniendo a la cooperativa a llevar la uva. Su preocupación era, por tanto, de tipo logístico. Juan le sugirió que contratase a alguien del pueblo o que lo hiciera Germán y entonces el viejo lanzó la primera de sus andanadas: que si se creía él que el dinero salía de los cajones. Juan se calló. Muy mal, dijo el padre, dirigiendo de nuevo su mirada al televisor. Muy mal, repitió mientras negaba frente al hombre del sombrero tejano. Y murmuró: trabajar en el campo también es trabajar de lo tuyo. Era llamativo que le fuera a echar más de menos en las faenas del campo, todas ellas concentradas en algunos fines de semana, que en el trabajo diario en la fábrica. Y eso que en los tres años que llevaba allí había echado tantas horas como Germán o él mismo. Juan se mantuvo en silencio, sintiendo el corazón como un tambor aporreado. Esa clase de taquicardia solo se la provocaba su padre y era, precisamente, el motivo por el que había mantenido el secreto hasta tenerlo todo bien atado. Se ahorró decir que no le importaba tanto trabajar de lo que había estudiado como escapar de allí. De la casa, del pueblo, del bar del pueblo. Cometió el error, eso sí, de soltar que le vendría bien salir de Cruces. El padre volvió la cara súbitamente hacia Juan. Segunda andanada: a mí también me vendría bien salir del pueblo, respondió, pero hay mucho que hacer aquí. En septiembre hay que vendimiar. Miró a su hijo como diciendo «tienes que vendimiar tú». El viejo había ido ganándole terreno poco a poco, acortando la cadena que lo ataba a ellos. Ayudó que Juan no pusiera nunca un verdadero interés en buscar trabajo como ingeniero forestal después de terminar la carrera. Prefirió servir copas en bares de Madrid y disfrutar así de dinero instantáneo. Cuando ya ni con las copas pudo pagar sus gastos en la ciudad decidió regresar al pueblo por un periodo corto, recomponerse y volver a intentarlo fuera. Incluso pensó en aprovechar esa parada para prepararse unas oposiciones. Pero antes de que se diera cuenta, su padre lo tenía trabajando a jornada completa en la fábrica. Que si una urgencia, que si un encargo de última hora, que si Germán no puede con todo, y lo que iban a ser unos meses terminaron siendo tres años, uno detrás de otro.

Pues este septiembre no cuentes conmigo, padre, respondió Juan. De nuevo el silencio. Rara vez le llamaba padre. La madre se secó las manos apoyada en el marco de la puerta. Parecía un árbitro de billar. El fallo es nuestro, que siempre os lo hemos dado todo. Que quieres estudiar en Madrid, toma. Hizo el gesto del que suelta dinero sobre una mesa. Que te quieres ir de viaje en verano, toma. Que si al cine a Torrijos, que si de cañas, que si me llevo el coche. Eso no es así, protestó Juan. Yo no he dejado nunca de ayudar en casa. ¿Está aquí Isabel conduciendo el tractor? Tu hermana está casada y vive en Barcelona, le contestó. Ni Juan ni su madre ni su padre hicieron ninguna mención a las frecuentes visitas de la hija. Tampoco reveló el padre que había sido ella la que los había ayudado económicamente cuando lo habían necesitado. Pues no te preocupes, le dijo Juan. Cuando se me termine la beca me iré también a Barcelona o me quedaré en Edimburgo o en Madrid o donde sea. ¿Y qué te crees que te espera en el Burgos ese? El padre intentando atenuar la resonancia aristocrática del nombre de la ciudad, rebajar su cualidad exótica y su novedad. Una ciudad del norte cuyo nombre quizá hubiera escuchado alguna vez en su vida pero que no habría sido capaz de situar en el mapa. *El Burgos ese*, continuó, como si el lugar al que quería ir Juan fuera una imitación barata de la ciudad castellana, que sí conocía. Un lugar parecido pero peor que el suyo. Sin olorosas morcillas, sin esa catedral gótica de vidrieras incomparables, sin su Camino de Santiago, sin su Arlanzón, sin su Cid Campeador. Que no se fuera a creer él —le apuntó con el índice— que lo que le esperaba allí era mejor que lo que tenía en Cruces, que, para él, era como decir en España. Por supuesto, nada de lo que le soltó pilló a Juan por sorpresa. Descartó en su rechazo cualquier tipo de apego y también que se opusiera a su viaje porque le quería. Pensó, más bien, que sentía que se le iba el primogénito. En sus genes no cabía otra sucesión de acontecimientos: él recibió las tierras de su padre, amplió el pequeño patrimonio comprando algunas parcelas aledañas, trufó el suelo de fertilizantes y pesticidas y quería que Juan se hiciera cargo del legado y que siguiera envenenando la tierra con nitratos. Ha tenido que irse hasta Escocia y luego volver para comprender qué había de verdad bajo la oposición del padre. Ellos habían venido al mundo no a hacer florecer sus respectivas individualidades, sino a pasar un testigo. Se esperaba de Juan que lo recogiera y que se lo entregara, a su vez, a sus hijos, que harían lo mismo, proyectando así su linaje campesino hacia un futuro abstracto pero, para el padre y la madre, incuestionable. Y llegó Juan, sin hijos a la vista, y les dijo que se quedaran con el testigo. O que se lo pasasen a los pequeños Xavi y Oriol, los hijos de Isabel. Y que, si tampoco ellos lo querían, lo dejaran encima del televisor, sobre un paño de ganchillo. Que hicieran con el testigo lo que les diera la gana, que él se marchaba.

A su vez, el padre tardó semanas en comprender lo que significaba el billete de ida de su hijo. Se abría una puerta con, al menos, dos caminos: su hijo volvería al terminar el año (no tenía ni idea el hombre de que lo del año era una patraña), satisfecho con la experiencia vivida, o bien descubriría cosas que le seducirían hasta hacerle abjurar de su familia. Tenía miedo de que su hijo se estuviera marchando para siempre, como había hecho ya su hermana Isabel, mientras sentía cómo sus pulmones iban perdiendo capacidad, y, a falta de un hijo a quien legársela, tendría que deshacerse de la fábrica, ir vendiendo trozos de tierra o arrendándolos, que era, al menos para el padre, la mayor de las humillaciones y la antesala de la muerte.

Mientras el viejo estuvo vivo, aquel día solo era el mal recuerdo de una situación violenta que el tiempo terminaría reconduciendo. La muerte del padre ha convertido esa discusión en una herida que ya no podrá suturar.

Cuando les contó a sus padres que se marchaba, descartó el amor de la ecuación. Ahora puede decir que no fue justo con ellos. También esto ha tardado en entenderlo. Siempre los vio como discapacitados emocionales. Hijos de la guerra y del hambre. Entregados al trabajo, en las fábricas, en las tierras y en la casa como única manera de estar en el mundo, sin espacio para otra cosa que no fuera asegurar primero el pan y luego algo de herencia. Sudando la gota gorda, padeciendo estrecheces incluso cuando ya no era necesario. Fue la vida, o el tiempo en el que la vivieron, lo que les hurtó la experiencia del amor. Isabel y Juan, otra generación, habían visto en las series americanas, aunque fuera en la ficción, otro tipo de relaciones. Esas familias reunidas en la cocina en torno a una mesa amplia y bien iluminada. Nunca mesas mirando a una pared, como la suya. No. Mesas redondas que obligan a verse las caras. Ya puede estar la pequeña televisión encendida junto al robot de cocina, que los personajes son capaces de sustraerse a su embrujo y continuar con sus sanos debates familiares. Bandejas con maíz asado y salsa de pepinillos, mantequilla de cacahuete, pizzas, frigoríficos de dos puertas. Padres jóvenes, con pelo en toda la cabeza y sonrisas refulgentes. Beben refrescos gaseados, ríen y lidian, en ese espacio cotidiano y bien surtido, con todo el repertorio de problemas adolescentes del primer mundo: esto es un condón / no habrás fumado / a las nueve te quiero aquí / voy a casa de Jennifer / no tengo con quien acudir al maldito baile de graduación / tú y yo tenemos que hablar, señorita / si no me dejas el coche el viernes mi vida va a ser un infierno, por favor, mamá. Hasta ese *por favor* entre padres e hijos era algo que escucharon por vez primera en la televisión. Adolescentes que disponen de un teléfono en un espacio privado, debajo de una escalera victoriana, en un desván. Hablan durante horas de sus cosas. Se quejan de unos padres que los comprenden y les permiten desahogarse con sus amigos a través de un teléfono con un cable en espiral de cinco metros y que les piden las cosas por favor, a sus mismos hijos, que no son tratados como lacayos, ni como muebles. Niños que no han llegado al mundo en calidad de eslabón de una cadena. Los padres irán a sacarlos del desván, o de debajo de la escalera victoriana, cuando se esté enfriando el maíz o esté a punto de comenzar la Super Bowl. Pero no lo harán malencarados, dándose golpecitos en un imaginario reloj de pulsera. ¿De dónde sale el dinero? No legarán a la siguiente generación el polvo de sus albarcas porque no calzan albarcas.

Al parecer, en las series americanas el amor paternofilial es tan transparente como la luz de la cocina y el dinero mana de los grifos. Ellos, durante muchos años, ni siquiera tuvieron teléfono en casa. Quizá por eso, y por querer parecerse a aquellos niños rubios, su hermana y él llegaron a hacer un teléfono con un taco de madera y una cuerda larga. Cuando merendaban en la cocina, después del colegio, jugaban a llamarse y uno de los dos descolgaba el teléfono, estiraba la cuerda y se metía en la despensa para hablarle a la madera.

Pero cómo se iban a parecer sus padres a aquellos padres. Nunca los vio besarse, ni les escuchó decirse «te quiero», nunca hablaron de sexo, ni de drogas, ni de nada que pudiera rascar, ni superficialmente, la costra de dolor, abnegación y mugre de aquella España. A lo sumo un «cuidado con la cerveza». Ahora siente que en la oposición de su padre a su marcha se agazapaba el amor. Uno sin apostura, desde luego, y disociado de la prosperidad económica. Un amor contenido. Un apego a ellos, que un día fueron niños y que les entregaron todo el caudal de amor que los niños contienen. Y quizá, seguro, los acariciaron y los tuvieron en sus brazos y les susurraron al oído. Y eso no es una elucubración. Juan lo ha visto en las viejas fotos familiares. Ellos dos, jóvenes, en una romería del uno de mayo. Posan juntos, cogidos de la cintura. Su hermana y él se esconden tras las piernas del padre que, con la mano libre, le toca el pelo a Juan.

En esa foto todavía sonríen y Juan se pregunta cuándo se les terminaron las ganas de reír y de acariciar sus cabezas. Piensa que por algún perverso mecanismo dejaron de hacerlo justo cuando la memoria de sus hijos empezaba a almacenar recuerdos.

9

Son las siete y diez de la mañana cuando le despierta Germán. Está reclinado contra el respaldo del sofá. Siente humedad en la espalda y al hombre como una figura estroboscópica. Germán le informa de que viene a darle el relevo para que pueda ir a casa a asearse y a prepararse para el entierro. Le dice que puede usar su coche, aparcado en la puerta, para ir hasta Cruces y que él se quedará en el tanatorio hasta que se vayan todos juntos al cementerio.

El coche de Germán es la misma furgoneta C-15 que ha tenido toda su vida. Mientras la conduce por la carretera vacía, Juan se siente acogido por el estado calamitoso del interior del vehículo. Por una vez, lo de fuera armoniza con lo de dentro. El salpicadero está fracturado, la tapicería descosida y rasgada. Hay polvo de yeso y serrín por todas partes. La guantera tiene la portezuela descolgada. Dentro están los papeles del coche, pero también herramientas y objetos varios. Le sorprende que un vehículo así esté autorizado para circular.

Laika le recibe en la cancela. Juan se agacha para rascarle debajo de la mandíbula. En cuclillas, observa la casa. Todo está tranquilo, como si no hubiera sucedido nada. Es un día importante para la familia. Se echa en falta el trasiego de gente entrando y saliendo, el mismo que en las bodas. Familiares venidos de todas partes que quieren comenzar el día junto a los dolientes y que se acercan a la casa a primera hora y preparan café para todos con la connivencia y el agradecimiento de la viuda, que no está para buscar el azúcar ni para sacar cucharillas. Es una prima de la madre o una hermana o una cuñada o una nuera la que detecta la necesidad y la atiende. Son ellas las que llegan a la casa con los ojos despiertos y las manos abiertas y toman el lugar al asalto y se distribuyen los puestos para que nadie de la familia tenga que perder energía en tareas cotidianas. Los hombres se limitan a conducir y a mantenerse cerca de las paredes.

Se incorpora y camina hacia la casa. Al entrar, nota el olor a café. Todo está tranquilo. Por las puertas que dan al pasillo entra la luz de la mañana. Nadie en el salón, ni en el patio de atrás, ni en los dormitorios. En la cocina, la cafetera está sobre el fuego apagado. En el escurridor del fregadero hay dos platos, dos cuchillos, dos cucharillas, un vaso y una taza blanca con flores rojas serigrafiadas. Sobre una tabla de madera hay pan y una alcuza con aceite. Corta una rebanada, la pone a tostar, se sirve un café en uno de los vasos del fregadero y se sienta en la misma silla en la que el día anterior escuchó los reproches de su hermana. Todo lo que le rodea es de una familiaridad genética. Es como si los objetos, los muebles, los azulejos, el mismo olor de la cocina formaran parte de un cultivo desde el que su familia ha evolucionado hasta su forma actual.

El hule se ha levantado y deja ver que una de las esquinas de la mesa está rota. En el perfil del tablero se aprecian las minúsculas astillas del aglomerado. Pequeños dientes oscurecidos por el humo de las frituras que se van desprendiendo con los años. El tablero de esa mesa también salió del taller familiar. En algún momento de la época buena el padre decidió que, además de las puertas huecas de contrachapado, podría ampliar la oferta con piezas más sólidas e igualmente baratas. Durante un par de años compró los tableros por camiones hasta que alguien le convenció de que podría aprovechar los restos de madera de la fábrica para hacer sus propios tableros. Se hizo entonces con una máquina carísima marca Indianápolis que nunca llegó a rentabilizar y que terminó arrumbada. La *India*, la llamaban entre ellos.

La esquina lleva rota desde el día en que la

mesa llegó a la cocina. En esa fractura se puede rastrear la sumisión de su madre. Las cosas se pueden romper y cuando eso sucede, no siempre es sencillo poner soluciones. Esa esquina debería haber sido reparada en el momento de partirse, pero ella, la única de la casa a quien esa tara ha estado molestando toda la vida, nunca dijo nada. Por no incomodar a su marido, que bastante tenía ya con el trabajo. Y porque no viera el hombre que aquel tablero que él mismo había fabricado era un objeto defectuoso. Mejor digerir la situación de otra forma. Aceptar la rotura como se aceptan el día y la noche. Algo que necesariamente tiene que suceder y a lo que, por tanto, no vale la pena oponerse.

Lo que representa a Isabel, en cambio, es un objeto. La taza con flores que se escurre sobre el fregadero y que está fabricada en un material porcelánico irrompible. En ella ha desayunado su hermana desde que era niña y de ella parece haber tomado algunos de los atributos que la definen. Del color blanco, la franqueza. De lo sufrido del material, su propio aguante. Las flores rojas representan lo ígneo de su carácter. El asa es su sentido práctico.

Bebe el café templado a pequeños tragos y nota su efecto revitalizante al momento. Piensa Juan que se ha debido de cruzar en la carretera con su hermana y su madre y él no se ha dado cuenta. Hace el recorrido mentalmente, desde el tanatorio hasta la casa. Cabe la posibilidad de que hayan tomado diferentes calles para entrar o salir de alguno de los dos pueblos o, también, que Juan haya conducido de manera automática, como así ha sido. No encuentra en su memoria las impresiones de los hechos recientes. Una señal de tráfico en mal estado o un coche adelantando en línea continua. Ha cubierto la distancia entre Torrijos y Cruces sin saber cómo. Si él no era consciente de por dónde pasaba o de con qué coches se cruzaba, ¿quién conducía?, se pregunta. ¿Qué parte de su cerebro estaba al mando? Para conducir no es estrictamente necesario estar pendiente de todo lo que sucede alrededor. Tampoco para transitar por la vida. Desde que ha llegado, esa ha sido su principal dificultad. Ser plenamente consciente de lo que sucedía a su alrededor. No de su hambre sino del hambre de su madre.

10

Aparca la C-15 en un hueco que hay frente al almacén de rótulos luminosos. El reloj del coche indica que son las once y veinte de la mañana. Dos niños juegan en el descampado que hay junto al tanatorio. Van vestidos de domingo. La sala del velatorio vuelve a estar llena. Un murmullo como de compresor frigorífico ocupa el aire que hay entre las cabezas y el techo. A Juan le parece mentira que ese sea el mismo inhóspito lugar en el que ha pasado la noche. Saluda a Germán, que sale a su encuentro. Le pregunta si ha desayunado bien, Juan asiente y le devuelve las llaves de la C-15 sin darle las gracias.

Se acerca al sofá, se sienta y le da dos besos desganados a su madre. Tiene las mejillas flácidas, huele a cosméticos. La piel blanca, semitransparente. Ella le pregunta cómo ha dormido y él miente y le dice que ha descansado bien mientras palmea el asiento. Isabel, de espaldas, habla con un hombre alto y rubio en un extremo de la sala. El hombre está parcialmente oculto tras una planta y Juan no consigue reconocer de quién se trata. La madre le informa en voz baja de que los de la funeraria ya han preparado el ataúd para llevar el cuerpo de vuelta a Cruces. Menos mal, le dice, que hay tanatorio. El comentario de la mujer subraya, sin pretenderlo, que han tenido que esperarle a él. Que hay un excedente de cansancio en los presentes, particularmente en la madre y la hermana, del que él es responsable. El comentario también sugiere la situación opuesta: ¿Dónde habrían estado el padre y los dolientes a la espera de que él llegara? En la morgue del hospital en el que falleció o, al estilo antiguo, en su propia casa. Súbitamente se forma en la mente de Juan la imagen de su padre tumbado sobre la mesa del salón, rodeado de curiosos vestidos de negro. No en su cama o en cualquier otra cama de la casa, sino sobre la mesa, como si fuera el paciente del doctor Tulp. Juan le dice que sí, que menos mal. Es la conversación más larga que ha mantenido con su madre desde que llegó el día anterior. Es como si él fuera aceite y el par formado por su madre y su hermana, agua. Cuando él entra, ellas salen y viceversa. El tono de la voz de la madre contrasta con su imagen demacrada. Por un lado, su cuerpo acusa el cansancio del hospital, la desgracia y la vejez. Su voz, sin embargo, parece animosa. A Juan le viene a la memoria algo que leyó sobre la Inglaterra victoriana. Al parecer, con el desarrollo de la anatomía como ciencia, la demanda de cadáveres para la disección llegó a ser tan alta que era frecuente que los recién enterrados durante el día fueran exhumados por las noches y los cuerpos vendidos a las escuelas de medicina. Se dieron muchos casos de familias que prefirieron mantener los cuerpos de sus seres queridos en las casas durante una semana o más. El tiempo que fuera necesario para que su deterioro los hiciera inservibles para los médicos y, por tanto, para los ladrones de cadáveres. Su padre, sin embargo, descansa a temperatura controlada, con las luces atenuadas y un raso blanco y fruncido recogiéndole en la caja como si fuera una joya de Tiffany's.

Ve acercarse a Isabel. El hombre con el que hablaba viene con ella, cogiéndola de la cintura. Juan se levanta. Andreu, dice. Este le ofrece la mano y Juan le corresponde. No es un saludo de pésame, como todos los demás. Hay algo en él que lo hace diferente. A juzgar por la intensidad de los reproches de Isabel, a estas alturas su cuñado debe de tener una imagen espantosa de él, algo que Juan cree notar en la ligerísima flacidez del apretón. Andreu ha debido de ser el único paño de lágrimas de su hermana, allá en Barcelona. A él habrá acudido cada noche tras hablar con su madre por teléfono para lamentarse de lo quejosa que la ha encontrado. Hija, es que ya no te acuerdas de tu madre. Me acuerdo, madre. Es que hace no sé cuánto que no me llamas. Dos días, madre. Que cuándo vais a venir. Cuando los niños tengan vacaciones y yo no esté de viaje. Claro, es que tu trabajo es más importante que nosotros. Isabel estirando el brazo para separar el móvil de su oreja. Oye el murmullo de su madre, allí lejos, en el extremo de su brazo y, cuando nota que se ha hecho el silencio, se lo acerca de nuevo a la oreja y dice sí o no o lo que le parezca que corresponde. Es que no estoy viendo crecer a los niños, mis nietos. Vivimos en Barcelona, madre. Es que ya no me queréis ninguno. Yo sí, madre. Juan supongo que también te quiere, aunque seguro que a él no le vas con estas quejas. Y hablando de querer, Andreu, al que nunca incluyes cuando enumeras a los miembros de tu familia, hace lo que puede, siempre lo ha hecho, por mostrarse cariñoso contigo pero nunca se lo has puesto fácil. Y los niños qué, pregunta la mujer. Seguro que con la madre de Andreu están la mar de bien. Pues sí, le querría decir su hija. Con ella están muy bien porque no los está comparando todo el día con otros niños ni entre ellos. Porque no se mete con el pelo largo del mayor, ni le dice que parece una niña, ni le da un euro y le advierte de que no se lo vaya a gastar, que lo guarde en la hucha. ¿Hasta cuándo, abuela? Hasta que hayas ahorrado mucho. ¿Ahorrar? Sí, Javier, *Chavier*, *Chavi*, el dinero cuesta mucho ganarlo así que lo mejor es que lo guardes. No lo entiendo, abuela. Eso es porque tus padres son unos manirrotos. La madre de Andreu es catalana, así que no me digas que no les aconseja a los niños que ahorren. Sí, madre, en eso tienes razón, pero ella no los obliga a comer hígado de ternera, que sí, que tiene mucho hierro, pero podrías tener un poco más de mano izquierda y saltarte tu puñetero menú, el que llevas haciendo desde que te casaste. Y si hemos llegado un viernes desde Barcelona, reventados, pues no te cuesta nada cambiar el hígado por unos huevos fritos con patatas y un poquito de jamón, que son niños y se han cruzado media España para pasar dos días contigo.

Andreu tiene cara de cansado. Son las once y media de la mañana. Juan hace números. Su cuñado ha cogido un vuelo en Barcelona a eso de las siete. A las ocho y algo en Barajas. Taxi y tren, o taxi y autobús, o metro y tren o lo que sea. Una señora paliza para llegar al entierro de un suegro que nunca llegó a aceptarle del todo y que, de hecho, le castigó mucho mientras vivió. Juan recuerda la primera vez que Isabel lo llevó a casa para que sus padres y él mismo lo conocieran. *Andrés*, lo estuvo llamando el padre todo el fin de semana. Andrés esto, Andrés lo otro. E Isabel cociéndose por dentro y por fuera, avergonzada de que su padre fuera incapaz de apartar por unos días sus prejuicios y tratarle con la mínima cortesía, no digamos cariño. Incapaz también de darse cuenta de lo mucho que aquel joven la quería, de lo brillante que era como científico, de su bonhomía y su generosidad. Era catalán y eso era suficiente para el viejo. No necesitaba saber nada más. Ridiculizaba su acento delante de Germán, o de quien estuviera en casa. Le imitaba de una manera torpe, medio en broma medio en serio, y siempre terminaba por darle un manotazo en la espalda como subrayando que, a pesar de lo hiriente que todo parecía, no era más que una gracia campechana, de esas que juegan con los tópicos regionales, e invitaba al muchacho a sumarse a su propio tormento con gusto y buen talante. En general se comportaba con él como un macho celoso que ve cómo otro macho entra en su territorio para llevarse a una hembra de su propiedad. Quizá lo que sentía por su hija era algo muy intenso, pero no era capaz de verbalizarlo ni de comprenderlo. Quizá en sus bromas de mal gusto lo que se escondía era un sentimiento tan puro que no sabía identificar y que, de haber sido capaz de nombrar, no se lo habría permitido. El modo en que el hombre se humillaba con aquellas imitaciones no podía responder a otra emoción que al reverso del amor. El miedo.

Isabel se acerca a su madre y le dice algo al oído. Juan aprovecha para separarse de ellas, agua y aceite, y lo que consigue, sin pretenderlo, es echarse en brazos de Andreu. De repente se encuentran los dos separados del resto, formando su propio círculo. Dejan pasar unos segundos en los que cada uno mira a su alrededor y por encima del hombro del otro, como si buscaran a alguien. Andreu saca su teléfono y consulta la hora. Juan se pasa la mano por la boca, se acaricia el mentón. Fermín aparece por la puerta del velatorio. Busca a Juan con la mirada, hacen contacto visual y ya va Juan a agarrarse a ese salvavidas y a disculparse ante Andreu porque alguien le reclama cuando su cuñado le coge del brazo. Juan le lanza una mirada lastimosa a Fermín. Juan, le dice apretándole el brazo, siento mucho la muerte de tu padre. Gracias, Andreu. El cuñado le busca la mirada y cuando la tiene, remarca: lo siento de verdad. Juan no entiende bien el subrayado. Considera a su cuñado una especie de conocido que aparece por su vida cada uno o dos años, siempre por un tiempo breve. Aunque le cae bien, nunca le ha prestado verdadera atención. Si su hermana y él iban a pasar un fin de semana al pueblo, aunque fuera una vez al año, Juan no hacía nada por estar tiempo en casa. Y no es que no quisiera verlos, simplemente sus vidas no iban con él y tendía a pensar que cuando acudían al pueblo era para ver a sus padres, no a él. Así que se limitaba a asistir a las comidas y el resto eran cosas de mayores.

Andreu lleva casado con su hermana once

años. Se conocieron cuando Isabel consiguió un contrato como investigadora posdoctoral en el Laboratorio Europeo de Biología Molecular de Barcelona, donde Andreu dirigía un grupo que trabajaba en cápsidas de virus, la especialidad en la que Isabel se había doctorado en la Autónoma de Madrid. Su enamoramiento tuvo mucho que ver con la ciencia. El enfoque que Isabel plasmó en su tesis doctoral era idéntico al que Andreu empleaba en su trabajo con los virus. Cuando se conocieron, supieron desde el principio que harían un buen equipo. Tan bueno que, en un par de años, constataron que la aplicación práctica de sus investigaciones estaba al alcance de su mano. Patentaron una herramienta biotecnológica para modificar virus que no interesó a la administración pública, que era, por otra parte, la que financiaba el laboratorio del que había surgido. Así fue como fundaron BioKapsid, una empresa dedicada exclusivamente a sacarle el máximo partido a esa herramienta. Una vez publicada la patente, no tardaron en escuchar los aleteos de empresas interesadas. Isabel y Andreu sí que tenían claras las enormes posibilidades de su patente, así que se dejaron querer hasta que un laboratorio americano puso sobre la mesa un cheque con tantos ceros que no les quedó más remedio que aceptar. Entretanto, tuvieron a sus dos hijos, Xavi y Oriol.

Están felizmente casados, todavía enamorados después de tantos años de relación y de una cercanía que la pequeñez del laboratorio intensifica. En todo ese tiempo es de suponer que Isabel (Isa, la llama él) le ha contado su vida entera. Y en esa vida hay tres personas tan importantes como problemáticas: su padre, su madre y su único hermano. Juan no es capaz de entender lo que significa la mano de Andreu sobre su antebrazo. Su esbelto cuerpo se comporta como un superconductor de amor que, a su vez, es un reservorio o una batería. Parte del amor que genera Isabel y pasa por él se añade al que Andreu produce por sus propios medios.

Su hermana es un ser intenso y, en ocasiones, odioso, esa es la visión que Juan tiene de ella. La madre suele referirse a lo volcánico de su carácter compensándolo con otro rasgo: la nobleza. Juan, en su ensimismamiento, tampoco es capaz de ver lo generosa que es su hermana. Intuye que, fuera de casa, es otra. Entre sus amigos de Barcelona, a los que nombra con familiaridad, debe de ser una persona muy querida. Con su marido y sus hijos es una mujer amorosa. Solo hay que ver el modo en que Andreu la coge de la cintura y cómo la busca ahora todo el tiempo con la mirada. Toda esa luz y ese filón de kryptonita que lleva dentro se ha trasvasado a Andreu. Él es ahora mejor, mucho mejor que cuando conoció a Isabel. Su carga es mayor, aunque su voltaje, por suerte, menor que el de ella. Así que cuando Andreu mira a Juan y le dice que lo siente de verdad, es así. Da igual lo cruel que el viejo hubiera sido con él. El difunto era el padre de su amada y él ha estado siempre dispuesto a soportar lo que hiciera falta. Ahora el viejo ya no está y Andreu sabe que lo que toca es echar a patadas los recuerdos de las bromas pesadas, los desplantes y las ridiculizaciones, y sacarles brillo a los momentos hermosos que, aunque escasos, también los hubo. El más elocuente es del día en que las dos parejas estaban visitando Toledo. Para entonces llevaban ya varios años viviendo juntos, pero sin estar casados.

Si no había *público* ni alcohol, el padre se comportaba de manera razonable con el novio de su hija. Paseaban por el casco viejo y Andreu, aficionado a la pintura, quiso visitar la iglesia de Santo Tomé para admirar *El entierro del conde de Orgaz*. Los padres, quizá por tenerlo tan cerca, nunca habían visitado la iglesia ni visto el cuadro pero, como buenos toledanos, se sentían orgullosos de su vinculación con El Greco. El padre se veía a sí mismo presentándole a su yerno uno de los cuadros más importantes de la historia del arte como si fuera suyo. El hombre los guiaba por las callejuelas ansioso por llegar e impresionar a Andreu. Se sentía seguro de lo que iba a mostrar y quizá esa euforia le hizo bajar la guardia y dirigirse a Andreu de una manera cómplice. Se acercó y le dijo en voz baja que él y su hija ya llevaban muchos años juntos y que en su opinión y en la de la madre de Isabel, ya era hora de que *arreglaran* lo suyo. El suegro estaba bendiciendo, sin hacerlo, al yerno. Le estaba abriendo la puerta de su hogar. No significaba eso que la guerra hubiera terminado. Andreu seguiría hablándoles en catalán a sus nietos delante de él y eso era agravio más que suficiente para que la suya no llegara nunca a ser una relación del todo normal. En opinión del padre, aquel muchacho demasiado rubio y demasiado alto debía abjurar de sí mismo y de su lengua materna y ser rebautizado como Andrés si quería ganarse su pleno favor. Pero hasta Juan padre entendía que eso no iba a suceder. Así que aquel día en Toledo se limitó a dar tablas a su rival inaugurando un nuevo tiempo, si no de paz, tampoco de guerra.

Juan le agradece a su cuñado el gesto y hace lo posible por corresponder de manera similar. Gracias, le repite a modo de cierre. Fermín está en el centro de la sala, cerca ya de la espalda de Andreu. Juan y él se miran y Fermín parece entender lo que sucede: que quien sea que tiene a su amigo cogido del brazo se está pasando. Y ya viene al rescate cuando Andreu, sin saber que se acerca por la espalda, le dice a Juan que le gustaría hablar con él en privado. Interviene Fermín, que viene un poco pasado de revoluciones, a ejercer de viejo amigo. Llega como si aquello fuera una boda y el cuñado, un invitado borracho que estuviera acaparando al novio. El tupé y los grandes bíceps bajo la estrecha manga de su camisa le dan un aire de matón. Se sitúa junto a ellos, mira a Juan, mira a Andreu y solo le falta preguntarle a su amigo si ese tipo rubio le está molestando. En lugar de eso interviene con un elegante Juan, ¿tienes un momento? A lo que Juan responde que ahora no, que va a salir un segundo al pasillo con la persona con la que está y aprovecha para presentarlos: Andreu, Fermín. Fermín, Andreu. Y se abren paso entre los congregados, bastantes ya, hasta ganar la puerta de la sala y, desde allí, la calle.

11

Va a ser un día de mucho calor, piensa Juan desde el escalón de la entrada del tanatorio. A su lado, Andreu mira el cielo limpio y parece pensar lo mismo. Uno viene de Barcelona, donde el mar atempera los extremos climáticos. El otro de Escocia, donde la latitud impide al sol calentar la tierra con la ferocidad con la que se ensaña en el centro de la Península. Andreu no tiene costumbre de sudar así a esas horas. Juan la ha perdido en los años que lleva fuera. De ese modo rompen el hielo, hablando del tiempo. Y luego:

—Ya me ha contado Isa.

—¿Qué es lo que te ha contado?

—Que no logra hablar contigo. Y tiene algo que decirte.

—¿El qué?

—Que vuestra madre no está bien.

—No hacía falta que viniera un gran científico para abrirme los ojos.

La dureza del comentario escuece más a Juan que a Andreu. Por la falta de sensibilidad y porque le recuerda que él está hecho del mismo barro que su padre. Uno no puede huir de sí mismo, ni esconderse. Por mucho que se vaya a Escocia, a Australia o a la estación espacial, uno se lleva sus jugos gástricos consigo y, tarde o temprano, le sube la acidez por el esófago y el eructo que produce es pestilente.

Andreu pasa por alto el comentario y continúa como un soldado con unas órdenes que cumplir cueste lo que cueste.

—Tu madre tiene alzhéimer.

Juan se queda callado. Sigue mirando a la calle, a los pocos coches que pasan, a las personas que entran y salen del tanatorio. No sabe muy bien lo que significa alzhéimer. No tiene claro si es la enfermedad que hace que a los viejos les tiemblen las manos o la que hace que pierdan la memoria. Le viene al recuerdo la escena de la noche anterior, con Fermín, en ese mismo lugar. Había previsto imprimir la tarjeta de embarque el día antes del vuelo, coincidiendo con una visita a Torrijos en la que haría una gran compra en el supermercado. Ese era su plan para irse tranquilo de vuelta a su casa: llenarle a su madre la despensa de tetrabriks de leche sin lactosa, harina, garbanzos y latas de atún.

Los niños que vio jugando en el descampado al entrar se acercan por la acera y se agarran a las piernas de Andreu. El mayor pregunta: *Pare, quan marxarem?* Xavi, Oriol, responde Andreu en castellano, ¿os acordáis de vuestro tío Juan?

La gente empieza a abandonar el tanatorio. Juan se hace a un lado de la puerta y Andreu se lleva a los niños hacia el otro. Salen Germán y Fermín. En cuanto el flujo de gente se aligera un poco, Juan aprovecha para entrar. Quiere pasar por encima de cualquier desencuentro previo y acercarse a su madre y a su hermana. Cualquier cosa que haya sucedido entre ellos hasta el momento es perdonada. Ese es el deseo que siente, el de perdonar. Isabel le está poniendo a su madre la rebeca por los hombros. A Juan ya no le parecen las dos señoras de una comedia de enredo. Su halo ahora es beatífico.

Se acerca a ellas. Encontrará la manera de abrir los brazos y acogerlas. Nos vamos, dice secamente Isabel, y le informa de que al padre ya lo han metido en el coche fúnebre. Las ve alejarse caminando despacio hacia la puerta. De nuevo la sala vacía, de nuevo él solo, ahora ya solo del todo.

Cuando sale al exterior, el coche con el ataúd ya está en la bocacalle, preparado para encabezar la comitiva de familiares y amigos con dirección a

Cruces. Ve a Isabel ayudando a su madre a abrocharse el cinturón y a Andreu acomodando a los niños en el asiento de atrás. Ahora se da cuenta de que sus sobrinos han tenido que hacer el mismo esfuerzo que su cuñado. Se han levantado de noche y se han marchado medio dormidos al Prat y quizá allí, amaneciendo en la terminal, el padre les ha dado el desayuno mientras esperaban el embarque. Es normal que quieran irse y estén cansados. Pero ahí van, sentados detrás de su abuela. La que no sabe dirigirse a ellos con la limpieza franca del amor, sino a través de los laberintos del miedo. Miedo a qué, mamá.

Ve el brazo de uno de los niños asomar por la puerta del coche y tirar hasta cerrarla. Luego se ponen en marcha y se sitúan detrás del vehículo de la funeraria. El resto de los coches se va poniendo a la cola. Solo queda él en la calle. Oye un silbido. Frente a la empresa de rótulos luminosos ve a Fermín moviendo el brazo desde la C-15 de Germán.

12

El cura, un anciano que ya podría llevar muchos años jubilado, se ha dejado el hisopo en la sacristía y se ha dado cuenta justo cuando iba a empezar con el rito del enterramiento. Han mandado al monaguillo en su busca. Ahora esperan todos alrededor de la fosa, con el ataúd a un lado y cuatro enterradores vestidos con mono azul separados unos metros. La mayoría de los que allí están son vecinos de Cruces entre los que Juan ha crecido. Los saluda con los ojos cuando sus miradas se encuentran. Reconoce también a don Nicolás y a Carmen, a los que dirige un gesto, y a los hermanos Andrés y Ángel López, que también tienen un taller de puertas como el suyo pero en Santa Olalla. Su padre les tenía aprecio porque, aunque hubo ocasiones, nunca se comportaron como competidores. Al contrario, era frecuente que se pasasen trabajos entre ellos. Juan les dirige un gesto de especial agradecimiento. La muerte congrega.

La sepultura la compraron los padres antes de que ellos nacieran y, durante años, Juan vio llegar a casa al hombre de Divina Pastora que se acercaba a cobrar el recibo mensual del seguro de decesos. Un problema que ya dejaron resuelto los viejos. A Juan le llama la atención que, llevando tantos años pagada, la fosa esté en una zona nueva del cementerio. Luego repara en que las sepulturas han ido avanzando por el recinto a medida que iban llegando los difuntos. Entre ellas debe de estar la de su abuelo paterno, Juan no sabe exactamente dónde. Los padres no compraron una parcela concreta, como siempre había imaginado, sino un derecho. Así que ellos están ahora en el límite de la última tierra conquistada. Son, en cierto modo, pioneros. A partir de donde están, el cementerio no es otra cosa que una tierra de cultivo alrededor de la cual levantaron una tapia. Le ha sorprendido que el coche fúnebre haya llegado por la parcela hasta tan cerca del agujero. No tenía expectativas al respecto, pero no le habría extrañado que alguien hubiera organizado una cuadrilla de familiares para transportar a hombros el féretro. En un mundo ideal Juan habría acudido a la funeraria con Isabel para comunicar la última voluntad del difunto, si cremación o inhumación. Lo segundo, por supuesto. Nuestro padre era un hombre creyente y de costumbres. Miren este féretro, ¿qué les parece? Quisiéramos algo más sencillo. A nuestro padre no le gustaban los adornos. Pues entonces este le agradaría a su padre: el S-210. Observen qué delicadeza en las esquinas, qué sobriedad. Tan solo esta elegante moldura sobre la tapa enmarcando la cruz. Pueden elegirla en imitación bronce o plata. ¿Van a querer esquela, de qué tamaño, quién la firma? ¿Y estampas conmemorativas? A la gente le suele gustar mucho esta con el famoso polvo eres, del Génesis. También la tenemos en latín.

Eso es lo que se esperaba de él. Que hubiera hecho de motor en un momento penoso. Esa función, con total seguridad, también la ha ejercido Isabel, que tiene a su madre al lado, cogida de la mano. Xavi, Oriol y Andreu se sitúan a continuación, cuerpo con cuerpo. El resto de los asistentes rodea la fosa a la espera del hisopo. De nuevo, ellas allí, él aquí. Es más: todos ellos allí, él aquí. En un rato volverán a casa, hablarán, Isabel se desesperará con su madre por cualquier motivo, discutirán y al día siguiente todo volverá a comenzar. Pero ahora es el momento de estar pegados los unos a los otros porque lo que aguarda es la inhumación del padre, del marido, del abuelo, del suegro. Un momento capital. Uno de esos que se recuerdan para siempre. Y Juan no está donde tiene que estar, ahora se da cuenta. Habría que ser muy imbécil para no darse cuenta. Ha tenido que morir el padre para que Andreu se funda con su familia política. Es él el que se ha quedado fuera.

Por la entrada aparece, jadeando, el monaguillo con el pelo húmedo de sudor. Viene sosteniendo el hisopo en alto con una mano y levantándose la pequeña sotana con la otra. Se le ven las rodillas sucias. Algunos congregados sonríen porque no puede haber imagen más piadosa que la del pequeño que ha dejado de jugar al fútbol en la plaza para auxiliar al anciano sacerdote en su labor. En la expresión del niño, sin embargo, no hay rastro de beatitud sino de triunfo. Él es Filípides, solo que no ha ido a Esparta a por ayuda sino a la minúscula iglesia parroquial, a unos centenares de metros, en busca del objeto litúrgico que faltaba.

Oremos, Dios Padre Omnipotente, tú hiciste la Tierra y formaste los cielos y estableciste la órbita de los astros; por medio del agua purificadora diste nueva vida al hombre que yacía en la muerte del pecado.

Por encima de todas las cosas, Juan desea dormir. El cura sigue hablando, pero él ya no escucha. Su cuerpo también tiende al suelo. El cuerpo de un vivo. Sigue viendo lo que sucede a su alrededor, las caras conocidas de los asistentes, la distancia que le separa de su familia. El sacerdote moja el hisopo y esparce agua sobre el féretro y sobre la fosa. Su madre está arrugada, su hermana la sostiene. Sus rostros se mezclan en la cabeza de Juan, se hacen indistinguibles el uno del otro. El dolor modela sus facciones del mismo modo y las acerca. Quizá él, si estuviera en el lado correcto, sostendría ahora a su madre por el otro costado. Los tres rostros fundidos en uno solo. El dolor es un espejo convexo que concentra los rayos de todos y los hace uno.

Juan sale de su ensimismamiento cuando los cuatro hombres de mono azul tiran de las cuerdas y levantan el féretro para acercarlo a la fosa. El cielo también es azul a esa hora. Las puntas de los cipreses se elevan hacia él; sus raíces, en dirección contraria, en busca de otros nutrientes. Fotones desde arriba, minerales desde abajo y, dentro, reacciones químicas complejas sobre un lecho de átomos de carbono. El polvo hacia el que su padre se dirige es, en realidad, carbono. La madre ya no tiene lágrimas. Se limita a cerrar los ojos, como si no quisiera ver lo que sucede. Es el momento que culmina una vida entera que, con sus más y sus menos, ha compartido con el hombre cuyo cuerpo entierran. Sus ojos cerrados son los topes de un final de vía en el que se terminan también sus padecimientos del último año y medio.

Los hombres del mono azul están a los lados de la fosa, las cuerdas tensas aguantan el peso de la caja. Comienza el descenso. Repentinamente, Oriol abandona la protección de su padre y avanza hacia el ataúd. Algunas caras de sorpresa en los asistentes. Alguien dice «niño», pensando que se puede caer. Sorprende que sus padres no hagan nada por detenerlo, que permanezcan tranquilos. Sería casi imposible que se cayera porque la caja ya empieza a entrar en la sepultura y apenas queda hueco entre el féretro y las paredes. Sí que puede meter un pie, asustar a alguno de los enterradores y provocar una escena penosa. Los hombres detienen el descenso. El muchacho se introduce la mano en el bolsillo, la saca hecha un puño y lo abre sobre la tapa del ataúd, junto a la cruz. Son almendras. Al viejo le encantaban. El pueblo congregado pasa del susto de nuevo a la ternura porque todos los presentes reconocen la vinculación entre el difunto y las almendras. Las regalaba a cualquiera que fuera a la casa; las pedía fritas en el bar, como tapa; tras la cosecha, las esparcía en una zona apartada de la nave para que se secaran. El niño regresa a las piernas de su padre y los hombres, tras recibir la autorización del sacerdote, continúan con su trabajo. Los movimientos desiguales de los enterradores hacen que las almendras se muevan sobre la tapa. Podrían derramarse, pero la elegante moldura las contiene.

Juan nunca ha estado presente, pero puede imaginarlo, porque lo vivió siendo niño. Su padre sentado en el escalón del porche de la casa, enseñando al mayor de sus nietos a manejar las manos. A un lado, una bolsa repleta de almendras. Las puntas duras de las cáscaras rasgan la fina lámina plástica. Entre las piernas del hombre, una piedra del tamaño y la forma de un adoquín sobre la que el viejo apoya las almendras para golpearlas con una barra de metal parecida a un cortafrío. A su lado, el nieto, también sentado en el escalón, con los mismos elementos, pero más pequeños. El abuelo le instruye de manera escueta. Le coloca los dedos, le enseña la forma más eficaz de descascarar. Así, le dice, de un solo golpe sacas la semilla entera. Y para demostrárselo, coge una almendra, la sujeta sobre la piedra como le ha enseñado y deja caer sobre ella el cortafrío. Un golpe seco, dos mitades de cáscara se separan y el abuelo le da la pipa limpia y perfecta para que el muchacho se la coma. El niño dice *gràcies* y el abuelo rehúsa la cortesía porque dentro de la familia no se dan las gracias, eso es una mariconada, al tiempo que se dice que qué culpa tiene el niño de haber nacido donde ha nacido, que no hable en español estando en España.

13

Juan se queda el último. Fermín, a unos metros. El sacerdote conversa con un empleado del cementerio. Juan observa trabajar a los hombres del mono azul. Ahora hacen de albañiles. Han puesto un marco de hierro alrededor del agujero y sobre él van tendiendo rasillones. Un par de capazos con arena y cemento, paleta, llana y martillo. Los trabajos y los días. El muerto al hoyo y los obreros a ganarse el bollo cerrando herméticamente el lugar del último descanso, que no es la tierra viva sino un minúsculo sótano enlucido de cemento. En su memoria guarda imágenes de los muchos cementerios de Edimburgo, la mayoría anteriores al siglo diecinueve. Están en medio de los parques, en las traseras de las parroquias de la ciudad vieja. Nada de llevarse el camposanto a las afueras. Le gustan esos cementerios góticos a Juan. Lápidas caídas, tomadas por el verdín. Apellidos resonantes, leyendas, cipreses de los pantanos llorando sus ramas sobre monumentales mausoleos y también sobre sencillas lápidas echadas en la tierra desnuda. Hasta eso lo hacen mejor, se dice Juan. Dejan que los cuerpos de sus seres queridos se mezclen con el humus e incorporen a la tierra las sustancias que los componían. Nosotros, no. Nuestro polvo no regresará al polvo a no ser que un movimiento sísmico resquebraje las paredes de la fosa y mezcle la arcilla del secano circundante con los restos descompuestos del padre.

«Te ganarás el pan con el sudor de tu frente», se dice en el Génesis justo antes del más conocido «polvo eres». Y en eso están los hombres, exudando líquido bajo el sol de agosto, a las dos y media de la tarde. Los cipreses son figuras místicas que no están ahí para cobijar del sol sino para enlazar la tierra con el cielo. Esos hombres, que primero eran enterradores, después albañiles y más tarde, quizá, bebedores de cerveza en el bar de Ángela.

Fermín le toca en el hombro. Vamos, le dice, se están yendo todos. Pero Juan se resiste a dejar de mirar lo que hacen. Solo él parece darse cuenta de la dimensión metafísica que representan. La sabiduría popular lo enuncia, pero no lo resuelve cuando establece las premisas: el hoyo y el bollo. En ningún momento se menciona la sustancia que conecta ambos sintagmas: el sudor.

Finalmente accede a la invitación de su amigo y se marchan. Los demás asistentes al entierro van por delante de ellos, con el ritmo moroso de los que han cumplido una obligación. Hay quien va con la mano en el hombro de otro, quien lleva a su marido o a su mujer cogido por la cintura. Los niños, por su cuenta. El monaguillo ayudando al cura a subir al coche de un feligrés y luego quitándose las prendas ceremoniales para regresar al pueblo con los otros niños. Juan ve sus espaldas como cuando, de pequeño, veía marchar por delante de él a sus competidores en las carreras.

En la explanada de acceso al cementerio, los coches se van poniendo en marcha aunque mucha gente del pueblo, la mayor parte de los congregados, regresa caminando a sus casas. Los hermanos López le esperan para despedirse. Luego Juan se acerca al coche de su hermana, donde la madre y los niños ya están sentados. La pintura, sin una mácula, refleja la copa del pino bajo el que está aparcado. Una pegatina amarilla en el parabrisas indica que es de alquiler. Juan no había reparado antes en ello. En sus combinaciones mentales sobre el modo en que cada uno ha pasado de largo por Madrid no figuraba este modo de transporte. Hay momentos en los que es necesario salir de la piel que uno habita. Comportarse con una generosidad o una grandeza que habitualmente no cabe en el traje que creemos que debemos llevar. Juan no se permite pensar fuera de su piel. No es capaz de darse cuenta de que un coche de alquiler es otra expresión de la gravedad del momento. Con ese vehículo no hay esperas ni escalas. Uno llega directo a su destino. Del aeropuerto al cementerio. Rápidamente, que el momento lo merece. No es tiempo de medir sino de darlo todo.

—¿Qué plan? —le pregunta a Isabel.

—Vamos a casa. Mamá y los niños necesitan comer y Andreu, dormir un poco. ¿Te acerca Germán?

—Sí.

—Dile que venga también a comer.

—Se lo diré. Tomaremos una caña antes con Fermín, que se vuelve a Torrijos.

—Vale. Pero no os retraséis. A las tres como tarde.

—A las tres.

Hay más pinos en el aparcamiento además del que les da sombra. De ellos les llega un olor a resina y piñas agostadas. El pueblo al fondo, en medio de una llanura tan inhóspita como hermosa. Isabel levanta el dorso de su mano y acaricia con él la mejilla de Juan. Lo mira con los ojos de la niña que fue. Hay miedo en el brillo tembloroso de sus córneas. En silencio le dice vuelve, no nos abandones. Los que viajamos en este coche no saltaremos del barco en el que viajas. Primero desaparecerán las ratas, luego los conocidos, los compañeros de trabajo, los vecinos. Hasta Fermín podría saltar, parece decirle, aunque sabe Dios que tu amigo morirá a tu lado si tú se lo pides. Pero a los que vamos en este coche no tendrás ni que pedírnoslo. Nos iremos al fondo contigo si tú te hundes. Porque solo de esa manera podremos sacarte de allí.

14

El bar está igual que siempre. Se diría que hasta los viejos son los mismos. La barra gastada de formica, las sillas y mesas del mismo material. El terrazo del suelo, las botellas desordenadas de anís y whisky barato. Los mismos tubos fluorescentes en el techo, las servilletas de papel por el suelo, el olor a calamares fritos. Solo el tirador de cerveza parece haber sido renovado. Ahora es un objeto de diseño, autoiluminado y recubierto de auténtica escarcha. Hay tres mesas, todas ocupadas por personas que han estado en el entierro. Saludan a Juan agachando la cabeza. Al fondo de la barra hay un par de hombres apoyados, cada uno con su tubo de cerveza. También estaban en el cementerio. Germán se acerca a ellos, se dicen algo y vuelve con una banqueta que ofrece a Juan. Gracias, Germán. No hace falta, estoy bien, le dice. Juan quiere pedir, pero no hay nadie al otro lado de la barra.

Niña, grita uno de los hombres del fondo. La cortina de tiras de plástico que impide a las moscas entrar en la cocina se abre y aparece Ángela. Puede que sea la única del pueblo que no ha estado en el entierro, o quizá ha estado y Juan no la ha visto. Ángela, Juan, se dicen. Juan se pone de puntillas en el raíl que recorre el pie de la barra y le da dos besos esforzados a la camarera.

—¿Cómo estás? —pregunta ella.

—Bien.

—Siento lo de tu padre.

—La vida. ¿Y tú? ¿Cómo estás?

—Pues ya ves. Aquí sigo metida. ¿Qué tal en Inglaterra? Seguro que más fresquito que aquí.

El tiempo siempre a mano. Ese código compartido en el que la humanidad entera puede descansar por un momento.

—Pues sí, más fresquito.

—¿Qué os pongo?

—Tres tubos.

—Uno sin alcohol —apunta Fermín.

Cuando Juan regresa al grupo con las bebidas, Fermín le está contando a Germán que el miércoles de la semana anterior pasó corriendo por el camino de la fábrica. Germán le dice que ese día no estaba, que había ido a Santa Olalla a instalar unas puertas. Juan se incorpora a la conversación en ese mismo momento. Los tres chocan las cervezas levemente, se desean salud y beben. Juan vacía su vaso del primer trago. Tiene los ojos rojos, como inflamados. Se hace el silencio. Un «ahora qué» flota en el aire y se mezcla con el olor a frito que sale de la cocina. Un «ahora qué» se cierne sobre Juan desde que puso un pie en el pueblo, el día anterior. Todavía le queda algo de la inercia que traía. Aún cree que será capaz de arreglar las cosas en la semana que entra. Podría hablar con Mr. Cochrane, su supervisor en el Botánico, retrasar el vuelo y quedarse algún día más en caso necesario. Llamar a Brian, su casero, y pedirle que se encargue de sus plantas por unos días. Particularmente del pequeño rododendro que tiene en un tiesto de su jardín trasero. Le dieron el plantón en los viveros de la institución cuando superó la prueba de acceso. Quisiera acompañar a ese árbol hasta su vida adulta. Que le sobreviviera.

Aún nota la mano de su hermana en la mejilla. Él no sabe cómo expresar el alivio que siente, pero su cuerpo sí: distensión muscular, vasodilatación, ligera hipotensión, euforia incipiente. Cree que lo que sea que la hermana todavía tiene que decirle ha quedado desactivado por su caricia y su mirada a la salida del cementerio. Puede incluso que, al margen de los asuntos prácticos, ya no haya más de lo que hablar. Es muy probable que esa noticia que su hermana le anunció el día anterior en el coche no sea otra que el diagnóstico de alzhéimer que ya conoce por Andreu. Es una noticia cuya importancia Juan valora en el contexto de la disputa con su hermana pero todavía no en lo que implica para la vida de su madre. Debe de haberle causado mucha tensión a Isabel haberla tenido guardada y, además, haber tenido que delegar en Andreu su comunicación. Debería haberlo hecho ella, pero Juan no se lo ha puesto fácil. Tampoco ha sido diligente con el teléfono. Es más, ha sido descuidado. Pero bastaba enviar los nueve caracteres en un mensaje de texto. Mejor que un burofax. ¿Por qué no lo hizo?, se pregunta Juan. ¿Por qué ha tenido que decírselo su cuñado, al que apenas conoce, el día del entierro de su padre? No descarta que el diagnóstico de la enfermedad de la madre sea muy reciente y tampoco que su hermana, enfadada por haber tenido que hacerse cargo de todo ella sola, no haya querido llamarle. Él no ha estado, eso es algo evidente. Puede explicarse a sí mismo los motivos. Puede darse cien razones, pero sabe que de nada le servirán ante Isabel. Si él dice «tenía trabajo», ella podrá decir lo mismo. Si él dice «estaba lejos», ella podrá alegar lo mismo. Si él apela a su derecho a la libertad, su necesidad de escapar de su destino como heredero de la fábrica de puertas, ella esgrimirá, uno por uno, los mismos puntos.

—¿Y ahora qué? —pregunta Fermín.

—No lo sé.

—Tienes una pinta horrible. Necesitas descansar.

—Sí. Eso es lo que más me pide ahora el cuerpo.

—Angelilla, ponte media de calamares —vocea Germán y hace un gesto con tres dedos señalando los tubos vacíos que tienen en las manos.

15

La tarde todavía abrasa cuando salen del bar. No corre aire. Germán abraza a Juan y le pide que se pase por la fábrica cuando pueda, que hay cosas de las que tienen que hablar, pero que no se agobie, que lo primero es lo primero. Le dice esto contradiciendo con su mirada lo que sus labios acaban de pronunciar. Juan no está en condiciones de captar ese sutil desfase entre un lenguaje y otro. Antes de irse, Germán le tiende la mano a Fermín y luego lo ven alejarse tambaleándose en dirección a la iglesia. Cuando lleva unos metros, se vuelve hacia ellos y hace un gesto girando el índice en el aire, como si enrollara en él un algodón de azúcar. Sí, mañana seguimos hablando, le confirma Juan con la voz pastosa.

—¿Estás bien para conducir? —pregunta Juan a Fermín.

—Estoy bien para mearme encima. Me he bebido siete tubos.

—¿Siete?

—Los mismos que tú, pero los míos cero cero.

—¿Qué hora es?

Fermín se mira el reloj. Un pulsómetro deportivo de un tamaño desproporcionado.

—Las seis y media.

—*Fuck!*

Juan se lleva la mano a la cara, se repasa la frente con ella, se hunde los párpados con dos dedos. Se nota el rostro apergaminado, insensible. Sigue en pie porque la burocracia funeraria le ha ido llevando a empujones de un momento al siguiente, de un lugar a otro. Su cuerpo ha respondido razonablemente bien, pero nota como lo horizontal le atrae ya irremisiblemente. Ayudan el alcohol, la flama, la sequedad del aire y, sobre todo, el tener ya al padre bajo tierra y no expuesto en un frigorífico mortuorio. Descuidar, lo llama a eso su madre.

—¿Qué? —pregunta Fermín.

—Nada.

—Hablamos estos días, antes de que vuelvas a Escocia, ¿no?

—Sí, hablamos.

Silencio.

—Bueno, entonces me voy. Mañana trabajo temprano. Tengo que ir a Barcience a poner un wifi. Venga, dame un abrazo.

Se abrazan.

—Apestas a cerveza, Juan. Igual no era el día para esto. Vete con tu madre.

—Sí.

—Hablamos.

—Sí.

Ciento cincuenta metros separan el bar de la plaza en la que está el hogar familiar. Lo sabe porque ha contado los pasos muchos viernes por la noche, al regresar a las tantas, borracho como hoy. Entra en la plaza por una esquina. En la opuesta, frente a la cancela de su casa, reconoce a Andreu cargando el coche de alquiler. Están a mitad de semana, así que supone que se lleva a los niños de vuelta a Barcelona para que no pierdan colegio al día siguiente. No repara en el detalle de que es agosto y que los niños están de vacaciones.

Los almeces del centro de la plaza sombrean parcialmente el albero. Cuando él era pequeño, esos árboles eran falsas acacias. En primavera los niños libaban sus flores arracimadas. Por suerte, después de los calamares vinieron unas bravas y luego una de oreja. De lo contrario, ahora no podría ni acertar a darle la mano a su cuñado.

Andreu está ajustando el asiento para Oriol en la parte trasera del coche. A pesar del calor, lleva una americana ligera. Juan aguarda a que termine lo que está haciendo. Es un asunto complicado, Juan lo sabe porque lo ha tenido que hacer en el coche de algún amigo. Meter el cinturón por una ranura escondida y luego por otra, más oculta todavía, aprisionarlo con una pinza roja incorporada a la sillita. Andreu tarda, pero no refunfuña ni se desespera. Su hermana ha encontrado a un santo. *Tot a punt*, le escucha decir en catalán cuando termina. Sale del coche y se topa con Juan. Se le queda mirando. No parece sorprendido por encontrarse a su cuñado en silencio detrás de él. Andreu, además de estar sobrio, es una persona inteligente. Y sensible. Y madura. Es capaz de unir puntos aparentemente inconexos. En su caso, el largo viaje con los niños desde Barcelona, los desahogos de su mujer a lo largo de los años, lo que sabe de Cruces, pequeño pueblo del centro de España, los días que compartió con su difunto suegro. Las familias infelices lo son cada una a su manera y Andreu entiende muy bien la manera en la que la familia de su mujer es infeliz. Cuenta con su inteligencia convencional, con la emocional y con la perspectiva que le da haber viajado y convivido con gente diversa. Tiene a su favor, además, el haber sido criado en una familia más relajada que la de su mujer. Relajada afectivamente, pero también en un sentido económico. La escasez deviene fácilmente en miseria. La abundancia no es inmune a esa deriva, pero sobre una salud mental razonable, una cuenta corriente sin apreturas propicia atmósferas domésticas menos urgentes. Para formar parte de la gozosa uniformidad de las familias felices, de las que no suelen salir buenas novelas, es útil crecer desayunando, comiendo y cenando con tus padres y con la tele apagada. En cada «acércame la sal, cariño» hay una garita desde la que avistar el fuego en tus hijos o en tu pareja en el momento en que tan solo es una chispa. En ese espacio compartido, alrededor de una mesa, la conversación es un producto natural. Mana como mana el agua de la jarra. Pero comer juntos, mayores y pequeños, no solo propicia el diálogo, también la dieta mediterránea. Darles a los peques un día galletas con Cola-Cao, para que disfruten de su infancia, y al otro, una buena tostada de pan de espelta con su aceitito virgen extra de la Laguna de Fuente de Piedra, el mejor de España, para que sus corazones crezcan sanos. Y también nueces de temporada y frutos rojos y tomate fresco con sus carotenos y semillas de amapola y cereales integrales. Pero, claro, para disponer de ese tiempo con tus hijos y, además, poder llenar la nevera con munificente variedad, antes hay que tener dinero. Porque ¿cuántas familias pueden permitirse desayunar con los peques, acompañarlos al cole, recogerlos, comerse unas lentejas caseras con ellos, llevarlos a inglés, merendar un zumo recién exprimido, jugar a Lego, cenar menestra de verduras con su alegre tropezón de beicon orgánico, leerles un cuento y a dormir? Dinero y salud mental. Podría ser el título de la conferencia de un charlatán. Por el modo en que Andreu une puntos que no se ven a simple vista, de una forma tranquila y empática, se diría que ha compartido con su familia catalana muchos desayunos y muchas cenas. Juan padre se pasó toda su vida levantándose cada día a las cinco de la madrugada, mucho antes de que despertaran sus hijos. Primero para trabajar en el campo, luego en la fábrica de Getafe y finalmente en la de puertas.

Andreu, viéndole, renuncia a decirle nada. Se ahorra los consejos. Simplemente le sugiere que se lave la cara con la manguera del patio antes de entrar en la casa. Juan asiente igual que un niño reprendido, rodea el coche y abre la cancela. *Laika* no acude. Abre el grifo que hay sobre los arriates y deja que la manguera se vacíe de agua caliente. Luego separa las piernas, agacha la cabeza, igual que un reo al que le va a caer una cimitarra en el cuello, y deja que el agua corra desde la nuca y resbale por las mejillas y la frente y se reúna de nuevo en un chorro que se precipita desde la punta de su nariz al suelo de cemento del patio.

Hay actividad en la cocina. Se asoma a la puerta. Los niños meriendan en la mesa. El hule vuelve a ocultar la esquina rota. La madre, sentada en un extremo, juega con el pequeño a hacer una fila de objetos: tenedor, tazón, botella de agua, cuchara, salero. Oriol le recuerda a su abuela lo que han pactado: que pondrían los objetos en orden, de mayor a menor, cosa que la abuela no ha hecho. Isabel está de espaldas, fregando unos vasos en la pila. Los que ahora están en la cocina son ellos mismos pero en otros cuerpos y en otro tiempo. Un tiempo nuevo, siglo veintiuno. Xavi, el mayor, hace de Isabel cuando era pequeña y se sentaba en esa misma silla. Oriol hace de Juan. La madre hace de sí misma e Isabel, enjuagando vasos, hace de padre moderno.

Hola, dice Juan apoyándose en la jamba de la puerta. Isabel gira el cuello como si fuera un muñeco karateca. No queda nada de lo que Juan percibió en su mirada a la salida del cementerio. Ni los niños ni su madre le prestan atención. Isabel se seca las manos con un trapo, les dice a sus hijos que se den prisa con la merienda y sale de la cocina. Juan se tiene que apartar para que pase. Huele a un champú que le resulta familiar pero que no puede identificar. Isabel cruza el recibidor y entra en el comedor. Juan vuelve a mirar al interior de la cocina. Los niños hablan entre ellos. La abuela los observa como si no los conociera.

Cuando Juan entra en el comedor, encuentra a Isabel al fondo de la habitación, junto a la ventana que da al porche. Está de espaldas a él, mirando a través del cristal con los brazos cruzados sobre el abdomen, un gesto heredado de la madre. Un abrazo bajo que contiene las vísceras o las apacigua. Muy diferente del cruce de brazos sobre el pecho, más apropiado para expresar impaciencia o amurallamiento. Cierra la puerta, le dice a su hermano sin darse la vuelta. Juan obedece. A través de la ventana en la que Isabel prepara mentalmente lo que sea que tiene que decir, Juan puede ver, al final del largo patio de entrada, a *Laika* con las patas delanteras apoyadas en la cancela. Mueve la cola tratando de atraer la atención de Andreu, que está apoyado en un lateral del coche mirando el móvil. Ha terminado los preparativos y se podría marchar, pero está haciendo tiempo, se dice Juan. Isabel tiene algo que contarle a él y solo a él y ese algo debe de ser tan violento o doloroso que Andreu está esperando en la calle para recoger en una bandeja los restos de su mujer antes de partir. Isabel perderá los nervios, vomitará sobre Juan lo que lleve guardado. Luego saldrá del salón, se recompondrá en el pasillo respirando abdominalmente, invitará a los niños a que se vayan despidiendo de la abuela y los acompañará al coche. A continuación, Andreu conducirá de vuelta a Barajas, se subirán al avión y esa noche, aunque tarde, cenarán en su casa del Paseo de Gracia. Juan nunca ha estado allí, pero recuerda el nombre de la calle porque, cuando su hermana y Andreu compraron el piso, al poco de nacer Xavi, se lo contaron a la familia en una de sus visitas al pueblo. Fue después de cenar, un poco teatralmente, Isabel se levantó con un vaso en la mano y le dio unos golpes con un cubierto. Ahora que ha nacido vuestro primer nieto y que BioKapsid marcha tan bien, hemos decidido comprar un piso. La madre se alegró como si la noticia hubiera sido la de otro nieto en camino. Le costaba trabajo asumir que su hija no se hubiera casado con alguien del pueblo o de algún pueblo cercano. Las razones para no entenderlo eran diferentes de las de su marido. Era solo cuestión de distancia. Que viviera en Barcelona, tan lejos, atentaba contra uno de los pilares de su educación: las hijas son el seguro de jubilación de los padres. En cierto modo, eso es lo que ha terminado pasando. Pero es que, además, su hija no estaba colocada como a ella le hubiera gustado. Esperaba que, tras acabar la carrera, se hubiera sacado una oposición. Puestos a elegir, las dos cosas: funcionaria del Estado y, además, en alguna delegación de Toledo. Su plaza para toda la vida y a un tiro de piedra de Cruces. Quién sabe si viviendo en el mismo Cruces, en uno de esos adosados nuevos cerca de la piscina municipal. Con su garaje para un coche, su jardín y un tejado con muchas más aguas de las necesarias. Lo bien que hubiera estado ella allí, aspirando el frescor de los cuatro metros cuadrados de césped que iría a regar a diario. Cuidándole las plantas a su hija por las mañanas y llenándole la nevera de *tuppers* por las tardes. Pero nada de eso, la niña rebelde se tuvo que ir a la otra punta de España. Así que cuando Isabel se puso de pie con el vaso en la mano y anunció la buena nueva, la madre suspiró porque, aunque no estuviera colocada de funcionaria ni viviera cerca, al menos ya tenía su casa propia. Nada de tirar el dinero todos los meses en alquileres. Muy bien, le dijo después de cenar, y si la empresa vuestra deja de ir como va, lo podéis vender y compraros otro más pequeño.

¿Y en qué calle has dicho que está la casa nueva, Andrés? Eso le preguntó el padre a su yerno con un pacharán en la mano. En el Paseo de Gracia, contestó. ¿Paseo *des-gracia*? Eso es lo que Juan recuerda de aquella cena: *paseodesgracia*. Su padre, igual de feliz que un niño que se ha encontrado de repente un juguete largamente perdido. Pasó lo que quedaba de fin de semana sacando su ocurrencia a colación. Diciéndoles a todos que su hija y su yerno Andrés iban a comprarse un piso en un paseo llamado desgracia.

Isabel se gira hacia su hermano.

—¿Sabes en qué trabajo?

—Sí.

—¿En qué?

—¿Qué estupidez es esta, Isabel?

—¿En qué trabajo, Juan?

—Eres doctora en Ciencias Biológicas. Investigas.

—¿Qué investigo?

—Cosas pequeñas. Miras por un microscopio cosas pequeñas.

—He pasado los últimos trece años de mi vida estudiando las proteínas que forman las cápsidas de los virus.

—Por Dios, Isabel, ¿a dónde coño quieres llegar? Estoy muerto.

Isabel piensa «papá también», pero se reserva el comentario.

—Hace nueve años, Andreu y yo montamos BioKapsid para desarrollar una patente a partir de lo que habíamos descubierto en el laboratorio de Barcelona.

—Sí, ya lo sé. Abrevia.

Pero Isabel, lejos de resumir, le explica que un virus es, básicamente, material genético envuelto en una cápsida de proteínas. El tono de su voz se ha vuelto repentinamente neutro, lo que hace descender la temperatura de la conversación. Juan resopla. Lo último que esperaba era una clase de biología. Isabel continúa, ignorando los aspavientos de su hermano. Le cuenta que han creado una herramienta para vaciar las cápsidas de su genoma infectivo y prepararlas para que se pueda *pegar* sobre ellas cualquier tipo de proteína de interés tecnológico o terapéutico que se quiera introducir en el cuerpo. El contraste entre la tensión previa y el tono didáctico de la exposición desconcierta a Juan, que termina por desistir y se sienta. Es tal la precisión de los datos que su hermana ofrece en un momento tan delicado que empieza a pensar que no está enajenada, sino que su introducción técnica es, por lo que sea, necesaria. Quizá exista un vínculo entre esas cápsidas vacías, su potencial transportador y los microscópicos cambios químicos que está experimentando el sistema nervioso de su madre, piensa. Le va a decir que ha encontrado la llave del alzhéimer y que Andreu y ella, a través de BioKapsid, van a cerrar la puerta de esa enfermedad para su madre y para los millones de afectados en el mundo. De ahí que la empresa vaya como un tiro.

En la calle, Andreu no deja de mirar la hora. Sabe lo que su mujer está tratando de hacer y que necesita tiempo, pero cuanto más tarde en resolver los asuntos con su hermano, más rápido va a tener él que conducir para llegar a Barajas, algo que empieza a ponerle nervioso. Recorre mentalmente el camino que hará e, incluso en su imaginación, llegando a Madrid el tráfico es denso. Repasa los trámites en el aeropuerto. Se palpa el bolsillo interior de la americana donde guarda las tarjetas de embarque y los documentos de los niños. Cae en la cuenta de que, cuando devuelva el coche, tendrá que reservar unos minutos para que revisen los desperfectos. No sabe qué clase de seguro ha contratado Isabel, así que decide ganar tiempo inspeccionando el vehículo él mismo mientras espera.

En el salón, Isabel está contándole a Juan que en cuanto comprendieron el potencial de su herramienta contrataron los servicios de un bufete especializado y enviaron una solicitud de patente a un organismo en Múnich encargado de esos asuntos.

La silla en la que Juan está sentado tiene el respaldo y el asiento hechos de cuero tensado sobre una tosca estructura de madera. Parece sacada de una película medieval con poco presupuesto. Hasta tiene tachuelitas broncíneas tapando las cabezas de los tornillos. De una de esas mismas sillas su hermana, la bióloga molecular, se levantó un día, vaso en mano, y anunció a la familia lo del piso. También lo hizo para alegrarlos a todos con las noticias de las llegadas de sus hijos. Juan no recuerda que se levantara en ninguna cena para anunciar que habían conseguido vaciar un virus de su ponzoña. A pesar de lo didáctico de la explicación, el cansancio le hace perder el hilo de cuando en cuando. Se dice que, si de las investigaciones de su hermana sale un medicamento para combatir el alzhéimer, qué mejor que llamarle *Xavirol*. Como esos empresarios del ladrillo que empezaron como chatarreros y terminaron con un yate en Puerto Banús con el nombre dorado de su hija mayor en la proa: mi Juani, mi Lola, mis huevos. ¿Es eso lo que su hermana quiere decirle? ¿Que la mala noticia es que su madre tiene una enfermedad terrible pero la buena es que ella y su marido, *don paciente*, han encontrado la solución? ¿Le dedicarán el Nobel a su padre o a su madre?

—Resume, Isabel.

—No resumo. Ya está bien.

—Pues vale. Continúa con tu clase.

Juan intenta recostarse contra el respaldo en señal de indolencia, pero la silla es tan recta que no lo consigue.

—Nuestras cápsidas —continúa— tienen un potencial enorme. Teóricamente podrán introducir en el cuerpo todo tipo de proteínas, lo que abre unas posibilidades impensables hasta ahora para la curación de cientos de enfermedades. Pero para que eso llegue a suceder es necesario más dinero y más desarrollo. Hace tres años, en un congreso en Hamburgo, se nos acercó un laboratorio americano que lleva desde los setenta trabajando con virus. La oferta que nos hicieron un tiempo después fue mareante.

Por fin un adjetivo no sacado de un artículo científico.

—Nos compraron la patente con la condición de que fuéramos nosotros los que hiciéramos la transferencia de tecnología.

—¿Cómo?

—Tenemos que traspasarles todo lo que sabemos de nuestra herramienta, que es mucho. Y para eso, Andreu y yo tenemos que trabajar durante al menos un año en su sede de Williamsburg, en Virginia. Si todo sale bien, no tendremos que preocuparnos nunca más por el dinero.

—Suena muy bien, Isabel. Os felicito.

Esta vez no hay sorna en el tono de Juan. No

hace falta que siga contando. La última pieza ha caído sobre el tablero y ha encajado en el hueco. Ahora el puzle tiene sentido.

—Que quieres irte, ¿es eso lo que tenías que contarme?

—Tendríamos que habernos ido hace tiempo, pero Andreu, los niños y yo hemos estado atrapados en Barcelona porque no había nadie que se ocupara de papá y de mamá.

Ese *nadie* es el epicentro del conflicto. Todo lo que Isabel ha sentido durante años, lo añejado de su rencor, el propio agotamiento físico. Todo gira en torno a ese *nadie*.

—No te imaginas la cantidad de veces que he venido hasta Cruces desde que tú estás fuera. Me dirás que en los años que pasaste aquí, trabajando con papá antes de irte a Escocia, ellos estaban bien.

—Sí. Nunca me pareció que estuvieran mal. Envejeciendo, pero no demasiado mal.

—El cáncer que al final ha matado a papá empezó cuando trabajaba en Getafe. La asbestosis por exposición al amianto es la causa principal del mesotelioma que tenía. En segundo de carrera yo ya sabía que papá iba a morir así. Mucho ha durado para haberse pasado después tantos años trabajando con las puertas.

El tono de la conversación se va calmando. Introducir conceptos como cápsida, proteína o transferencia de tecnología en un contexto de semejante tensión emocional atempera el tono.

—Entonces me estás diciendo que, ahora que papá no está y a pesar de que mamá tiene alzhéimer, te vas a Estados Unidos.

A Isabel no le quedan ya fuerzas para rebatir ese *a pesar*. Si Juan hubiera pensado la frase, no habría incluido esa expresión que su subconsciente ha deslizado. En el contexto en el que están, ese *a pesar* es un reproche que Juan no puede permitirse. Breve pausa de Isabel. Respiración abdominal. Tono calmado y resuelto.

—Sí, nos vamos. No va a ser más de un año. El proceso de mamá va a ser, en principio, lento. Aunque podría acelerarse. Por el momento solo vas a notar algunos olvidos sin importancia que hace ya mucho que viene teniendo, torpeza creciente al moverse, algún comportamiento excéntrico.

—Eso significa que me encargo yo solo de ella.

Isabel asiente con la cabeza.

—Yo vendré dos o tres veces a España, puede que más, pero el día a día te lo vas a comer tú solo.

Juan levanta las cejas. Sus ojos llenos de venitas rojas se redondean. El corazón le percute el pecho. Una sensación de calor le nace en los talones y le sube por las piernas. Resopla.

—Tengo un billete de vuelta a Edimburgo para la semana que viene. ¿Me lo como también? Esperaba que pudiéramos encontrar alguna solución.

—¿Te refieres a una dominicana interna?

—No sé, no lo he pensado mucho. Quería hablarlo contigo, pero supongo que algo así sería lo mejor.

Ahora es Isabel la que hincha los carrillos y luego deja escapar el aire. La corriente que sale de su boca hace que sus labios vibren. Ha hecho un gran ejercicio de relajación antes de reunirse con su hermano, en el tiempo que ha pasado entre la comida y su llegada a casa desde el bar. Se ha refugiado en su antiguo dormitorio y ha llorado. Luego se ha dedicado a buscar la calma que hay en su interior, tal y como su profesora de yoga le recuerda siempre. Apartar de sí los pensamientos obsesivos, que no por obsesivos son necesariamente irreales o carecen de importancia. Intentar quitárselos de en medio junto con su opinión de Juan y arramblar también con las fricciones de las horas pasadas desde que su hermano aterrizó. Respirar abdominalmente en ocho tiempos, sentada en su cama de juventud, mientras su marido carga el coche y sus hijos apuran los últimos momentos con su abuela antes de cambiar de continente. Ir al baño, mirarse en el espejo iluminada desde arriba por la luz coloreada de una claraboya. Verse consumida por el cansancio y la vigilia pero, sobre todo, por el estado de guardia permanente. La responsabilidad, impuesta desde fuera y desde dentro, de cuidar de quien no es ella como si fuera ella misma. Si Juan hubiera llegado con Germán a las tres, habrían podido comer juntos. Ese mínimo gesto hubiera sido balsámico para ella. Ahí, durante la comida, habría tenido tiempo para que lo cotidiano ayudara a desalojar, por un momento, la tragedia. Qué rico el pollo, Isa. Qué crujientes las patatas fritas, abuela. Hay que ver cuánta gente en el entierro, a papá le habría gustado. ¿Te acuerdas, Juan, de cuando nos hizo aquella caseta de madera en el olivo grande? Medias sonrisas como aceite en un engranaje oxidado. Decirle lo que tenía que decirle tras ese tiempo compartido, el único en dos días. En varios años. La abuela con los niños en el porche, Andreu de cómplice, retirando los platos de la mesa y trayéndoles café a los hermanos. Pero Juan no ha llegado ni a las tres ni a las cuatro ni a las cinco. Juan ha aparecido por casa cuando apenas les quedaban veinte minutos para salir hacia el aeropuerto. Si llega a tardar un poco más, se habría enterado por teléfono, cosa que Isabel hubiera considerado intolerable. Los toros se cogen por los cuernos. Hay que estar en el lugar, hay que percibir lo que sucede y mancharse la piel o herírsela si es preciso. Hay que revolcarse por el suelo en la pelea, gritar para espantar el miedo, romperse la voz y los puños defendiendo lo que amas. Ella hubiera llevado a Juan de la mano desde el primer plato hasta el café, le habría preparado. Habría empleado una dulzura que es tan suya como sus arranques de mal genio. Pero Juan no ha llegado a tiempo para que todo eso pudiera suceder. Y cuando ha aparecido, lo ha hecho apestando a alcohol. Mostrándoles a todos su rasero: primero los de fuera, después los de dentro.

—Supongo que piensas que con que mamá tenga la casa limpia, la comida hecha y le den un paseo al mediodía será una mujer realizada y feliz.

—Yo me podría organizar para venir con frecuencia.

—¿A qué? ¿A hacerle tú la comida en vez de la mujer? ¿La vas a coger de la mano, se la vas a acariciar cuando le tiemble? ¿Vas a dormir en su cuarto con ella para arrullarla cuando se despierte aterrada? ¿Le vas a cambiar las bragas con paciencia y amor cuando se haya cagado encima por tercera vez en un día? ¿Vas a soportar los cambios de humor que va a empezar a tener de aquí en adelante?

Juan guarda silencio. Parece mentira que se sintiera tan aletargado hace un momento. Tan lastrado por el alcohol y el cansancio.

—Ya no puedo más, Juan. Yo también tengo derecho a seguir mi camino, como has hecho tú siempre, sin preocuparte de nadie que no fueras tú. ¿Acaso me preguntaste qué es lo que hacía falta en casa cuando decidiste, de la noche a la mañana, que te ibas a vivir a Escocia? No. Tuviste aquella discusión con papá, os enfadasteis muchísimo y ese cabreo ya te pareció que te daba derecho a cualquier cosa. Hiciste una maleta y adiós.

A Juan, desde entonces, nunca ha dejado de escocerle ese día. Ha tapado el dolor con el exotismo del norte, con el descubrimiento cotidiano de un nuevo país, de una ciudad hermosa, de una lengua. Y si no ha dormido desde hace tanto tiempo, no ha sido solo por las incomodidades del viaje. Cuando recibió la llamada de su hermana dándole la noticia de la muerte del padre, lo primero que pensó fue en el día en que discutieron y en que ya no habría forma de enmendar lo que allí se habían dicho. Juan toma aire. Considera las palabras que va a pronunciar a continuación. No es capaz de entender las implicaciones que encierra su pregunta.

—¿Por qué no me llamaste antes?

Isabel fuerza una sonrisa que es más una mueca que otra cosa. No le queda energía para seguir llevándole a su hermano el alimento que necesita. El tiempo de la paciencia ha tocado a su fin.

—En primer lugar, Juan, no tendría que haber sido necesario que yo te avisara de nada. Hace doce días, cuando le pusieron el oxígeno domiciliario, deberías haberte puesto a buscar billetes.

—No sabía que era tan grave.

—Porque no estabas aquí. Pero yo te lo dije una y otra vez. Dije cáncer y tumor y mesotelioma y oxígeno. Dije todo eso. ¿Te parece poco?

Busca en los bolsillos y se saca el móvil. Lo desbloquea, pasa el dedo nerviosamente buscando algo.

—No hace falta, Isabel. No hace falta.

—¿Qué más necesitabas para darte cuenta?

—Me equivoqué. No era la primera vez que le ponían oxígeno y siempre se lo habían terminado quitando.

A Juan le gustaría devolver la pelota al principio del partido. Al momento en el que su hermana le preguntaba si él sabía en qué trabajaba ella. Juan preguntaría, a su vez. ¿Sabes en qué trabajo yo? Vagamente. Al principio, fregando platos y haciendo ensaladas por menos de ocho libras la hora. Con propinas, un fin de semana del Seis Naciones, nueve libras. Me he pasado tres años en Escocia metido en una cocina y, desde hace unos meses, por fin, haciendo de asistente de jardinería en el Botánico. Esa es mi aportación a la cura del alzhéimer. Y te preguntarás, Isabel, ¿tan importante es esa mierda de trabajo como para desatender a unos padres en los últimos años de sus vidas? La respuesta es no. No estoy allí labrándome un brillante futuro profesional ni forrándome merecidamente como parece que estáis haciendo vosotros. Estaba apurando las últimas horas de libertad porque sabía que esto llegaría en algún momento. Y también sabía, o mis células sabían y yo no quería enterarme muy bien, que ahí estabas tú. Y sí, me he aprovechado de ti.

—Entiendo que Andreu te espera fuera para iros juntos hoy a Barcelona.

—Sí. —Isabel mira el móvil—. De hecho, nuestro vuelo sale en tres horas y media y todavía tenemos que dejar el coche en el aeropuerto.

—¿Y Massachusetts?

—Virginia.

—Eso.

—En dos semanas, si resolvemos rápido las cosas pendientes en Barcelona, podremos estar allí.

Juan es ahora el que inspira y luego suspira. Necesita todo el oxígeno que pueda conseguir en esa casa que va a volver a ser la suya. Es incapaz de calibrar la onda expansiva de lo que acaba de estallar. De momento ya tiene claro que no va a poder hacer uso del medio folio con la reserva de vuelo que guarda en un bolsillo. Nada de volver a su amada Edimburgo, a la fresca libertad que el viento filtra entre las hojas de los arces, a los paseos y la apacible familiaridad del majestuoso jardín botánico en el que trabaja.

—¿Estabas esperando a que papá muriera para marcharte?

La pregunta es un cuchillo que Isabel no puede esquivar.

—Sí.

—¿Y te vas tranquila sabiendo que mamá tiene alzhéimer?

—No.

—Pero te vas.

—Sí.

Llaman a la puerta y sin que ninguno de los dos dé permiso, se abre. Es Andreu. Isa, dice, tenemos que salir ya. Sí, contesta ella, se levanta y se dirige a la puerta. Juan también se pone de pie. Se miran. Esto es todo, dicen los ojos de ella. No, no es todo, dicen los de él.

—Me queda claro todo lo que me has dicho. Pero hay una cosa que no entiendo. ¿Desde cuándo sabías que moriría sin remedio? ¿Que no había vuelta atrás? Eres doctora en Ciencias Biológicas. Sabes cómo funcionan las células, supongo.

—A papá le pusieron el oxígeno domiciliario hace doce días. Yo llegué el sábado. El martes visitamos al oncólogo que le ha estado tratando estos meses. Ese día le hizo un TAC y, mientras papá y mamá se tomaban algo en la cafetería del hospital, yo hablé con él. Me dijo que el engrosamiento pleural había aumentado significativamente. Era cuestión de días.

—Si estaba tan claro, ¿por qué no me lo dijiste en ese momento? Habría llegado a tiempo de despedirme de él.

A Juan le tiembla el labio inferior. Traga saliva. Le duele la garganta. Isabel medita la respuesta.

—Lo siento, Juan. Lo siento de verdad. Estaba muy enfadada contigo y muy cansada. Tuve miedo de que no me tomaras en serio, de que le restaras importancia. Como cuando le diagnosticaron el cáncer y tardaste tantos días en aparecer. Todavía me duele aquello.

Los ojos de Juan están a punto de reventar. Entre los párpados y la córnea hay bolsas líquidas en precario equilibrio.

—Lo siento, Juan. Me equivoqué. No quería arriesgarme a que me decepcionaras una vez más. No esta vez. Si, aun siendo clara, no hubieras cogido el primer vuelo, te habría perdido para siempre.

16

El día siguiente al entierro de su padre y a la marcha de su hermana, Juan se levanta muy tarde. Ha dormido trece horas seguidas. Se ducha con agua fría en el único cuarto de baño de la casa. Una pieza sin ventanas, iluminada por una claraboya que el padre instaló cuando eran niños. Juan mira hacia el techo. Esos cristales de colores con relieves florales estuvieron de moda en una época. Ahora, el tosco marco de madera, construido también por el padre, está hinchado por la humedad que ha soportado a lo largo del tiempo. Los ingletes de las esquinas están desajustados y los junquillos que fijan los cristales, despintados. Recuerda los inviernos de su adolescencia, cuando volvía de entrenar. Se duchaba allí, tras esa misma cortina o una muy parecida. Tenía que darse prisa porque si se dejaba acariciar por el agua caliente más de lo debido, recibía un par de toques en la puerta recordándole que la bombona se gastaba. Sucedía lo mismo con el uso del teléfono, con las luces encendidas, con el motor del tractor, con la manguera del patio, con la leña. Que se gasta, decían. Que no cae del cielo. Que no sale de los cajones. Que no tenemos la máquina de hacer dinero. En su inspección visual de la claraboya encuentra el extremo de un tubo transparente que asoma por una perforación en el marco. Es un drenaje que el padre colocó en algún momento para extraer la humedad del espacio que hay entre la claraboya y el tejado de placa ondulada. La visión de ese pequeño tubo le lleva directo a un día concreto de su adolescencia. Era una noche invernal, entrenaban en un paseo de Torrijos en el que había farolas. No recuerda qué momento de la temporada era, pero debían de estar preparándose para alguna competición importante porque se puso a llover y eso no interrumpió la sesión. De los cientos de tardes que dedicó a entrenar, solo recuerda detalles muy concretos de aquella. Corrían contra la lluvia, las piernas empapadas, la ropa pegada al cuerpo, las zapatillas chorreando, el frío, que solo podían combatir corriendo más. Ese día, Raúl, el entrenador, le acercó en su coche a Cruces. Llegó a casa helado y se demoró bastante rato bajo el agua caliente hasta que su madre, seguro que tras muchos toques en la puerta, terminó entrando en el baño, descorrió la cortina con fuerza y cerró ella misma el grifo. Desnudo como está, siente un escalofrío al recordar la vergüenza que experimentó aquel día. Su cuerpo adolescente, súbitamente expuesto. Violentado. Su madre se fue cerrando la puerta tras ella y él se quedó quieto en la bañera hasta que sintió gotas de agua helada cayendo sobre su piel desde el tubo. La gota china. Ese tubo sigue ahí, ahora goteando pasado. Un trozo de plástico vulgar que, en su mente, es un punto de intersección en el que se cruza su yo de quince años con su yo presente; su madre colérica con su versión postrada; las formas descuidadas de hacer del viejo con las suyas propias.

Sale al pasillo con una toalla de algodón en la cintura. Es tan pequeña que apenas le cierra. El rizo del tejido, si algún día lo tuvo, ya no existe, por lo que, más que para secarse, la ha cogido para taparse. Le vienen a la memoria las toallas de su casa: gruesas, esponjosas, absorbentes. Nuevas. Siente el frescor del suelo de terrazo en las plantas desnudas de sus pies. Al fondo, igual que dos días antes, cuando vio a su hermana y a su madre luchando con la rebeca, la puerta de la casa está abierta. La luz que entra, como entonces, es refulgente. No sabe qué hora es, pero imagina que tarde. Agosto en el centro de la península Ibérica.

En el dormitorio sube la persiana que da al estrecho corredor lateral que comunica el patio delantero con el posterior. Abre una hoja, nota la tibieza del aire. Deben de ser las doce o la una. Lleva su mochila a la cama y vierte sobre ella el contenido dibujando el mapa del que iba a ser su futuro a corto plazo. Camisetas, calzoncillos y calcetines para algo menos de una semana. En ese escueto cuadro descansan sus intenciones y sus deseos. Poca ropa y ligera. Ligera también la mochila y un libro no muy grueso. En la bolsa de aseo, un cepillo de dientes, pasta y poco más. Parece el equipaje de un estoico.

Se pone ropa interior limpia y los pantalones cortos y luego vacía sobre la cama los bolsillos de los vaqueros. Su pequeña cartera de cuero, el tique del bocadillo que compró en el aeropuerto de Edimburgo y lo que queda de la reserva del vuelo de vuelta. Despliega el medio folio, lo clava en el tablero de corcho y sale de la habitación.

La cocina está recogida, la cafetera sobre la hornilla. Se acerca y la palpa. Está fría. Abre la tapa y ve algo de líquido oscuro al fondo. Su madre ha debido de hacer el café muy temprano, piensa. No sabe Juan que la mujer tiene prohibido el café por sus problemas de hipertensión. Tampoco que, en el cóctel de pastillas que se toma cada día, hay dos de Enalapril, una por la mañana y otra por la noche, que la ayudan a mantener la presión arterial en su sitio. Va a la nevera en busca de algo que comer. En la puerta, pegada con un imán promocional, hay una cuartilla doblada en la que está escrito su nombre con la letra de su hermana. Ahí está la puntilla de Isabel, se dice. Un rapapolvo de explosión retardada. La abre:

Mamá tiene cita con el médico el lunes 30 de agosto a las 9.30. Doctor García Colchero, consulta 14 de cardiología en el Centro de Especialidades de Toledo. Sus papeles están en una carpetilla azul que hay en la librería del salón.

Una mera instrucción, sin juicios añadidos. Sin otra aparente intención que informarle de una tarea pendiente. No hay fórmula de bienvenida ni de despedida. La clase de mensaje que se dejan los matrimonios que trabajan a horas diferentes y a los que esa funcionalidad comunicativa, aparentemente inocua, termina sepultando. Devuelve el papel donde estaba, pero abierto. Quiere tener presente la cita que, no se le escapa, está fijada para tres semanas después de la fecha de regreso que aparece en la reserva de su vuelo. Isabel no podía saber cuándo tenía previsto volver a Edimburgo pero sí tenía claro que de esa tarea no se iba a encargar ella. Abre la puerta de la nevera esperando encontrar algún trozo de salchichón solitario que le quite el hambre, pero, para su sorpresa, apenas queda espacio libre dentro. Hay *tuppers* con comida preparada, cervezas, yogures, leche, flan de huevo, lechuga, una coliflor grande, calabacines, tomates. Hay hasta pescado fresco: cuatro rodajas de merluza envueltas en papel de aluminio. Saca un paquete con jamón york y cierra la puerta.

Su madre está en el patio, trabajando con los geranios. *Laika*, a su lado, muerde el mango de una paleta de albañil que la madre usa para revolver la tierra. Hay una regadera metálica tan grande como un cubo. Juan se queda en el interior, observándola. No le parece la mujer frágil con la que se encontró al llegar a la casa, un par de días atrás. Será que ya no está integrada en el par hija-madre que ha visto en todo momento. La ausencia de una ayuda permanente le da a la mujer un aire que no tenía. ¿Quién dice que Isabel no es un lastre para ella? Que con su anticipación constante no le ha estado impidiendo a su madre buscar sus propias soluciones. La rebeca con forro, por ejemplo. Quizá se lo cosió ella misma algún invierno para que la prenda fuera más cálida.

Observándola con atención, se aprecian pequeñas torpezas pero, más allá de esos detalles, que bien podrían deberse a la edad, al cansancio de los días previos, a la artrosis o a la montaña rusa de lo funerario, su estampa es aseada. Desde el lugar en el que Juan la mira, no puede apreciar que el vestido que lleva está mal abotonado. Simplemente la ve moviendo tiestos de un lado para otro. Las pilistras a la sombra, los geranios aligerados de sus hojas secas, permanentemente vigilados contra el taladro que ahueca sus tallos. De viaje de novios fueron a Santiago de Compostela. Ella hubiera preferido ir a Portugal y aprovechar para hacer un alto en Aldeanueva y visitar a sus padres, que por entonces todavía vivían en el molino de harina en el que se había criado. Pasar siquiera una noche en su pueblo, a la ida o a la vuelta y visitar Lisboa y Estoril, que ella asociaba a la realeza. Pero su marido se había empeñado en ir a Galicia. Su madre murió a los dos años y el padre la sobrevivió solo seis meses. El día en que recibió la llamada en la que le comunicaban el fallecimiento de su madre, se enfrentó por última vez a su marido.

A Galicia iban para siete días, pero al cuarto estaban de vuelta. De aquel viaje la madre se trajo la perplejidad de no saber bien qué tenía que hacer con su cuerpo desnudo, el dolor que le produjeron las torpes aproximaciones de su flamante esposo y un tiesto con una hortensia. A la mujer no se le ocurrió mejor manera de combatir el desconcierto que su nueva vida de casada le producía que tratando de multiplicar aquella flor magnífica. Pensaba que podría reproducir los frondosos mazos de hortensias que había visto adosados a los muretes de piedra de las casas gallegas. Durante algunas semanas tuvo aquel tiesto en la terraza del piso de Getafe hasta que se dio cuenta de que aquel no era su sitio. Al siguiente fin de semana que fueron a Cruces se llevó el tiesto. Tuvo la precaución de mantenerla un par de semanas bajo el porche, aclimatándola a su nueva latitud. Cuando finalmente llevó aquella planta al arriate, montó sobre ella un sombrajo con unos palos y un retal de tela. Instruyó a su suegro sobre cómo creía ella que debía ser regada la planta en su ausencia y, desde entonces, aguardaba la llegada de los viernes con una nueva ilusión. Pero, a pesar de los cuidados tanto de ella como de su suegro, cuando llegó la parte dura del verano, las flores perdieron color y terminaron secándose. Lo recordaría muchas veces la madre a lo largo de su vida. Cómo fracasó en su intento por sacar adelante aquella flor que sublimaba, por su volumen y belleza, la idea de flor que ella tenía: más pequeña, más recia, contable. Traía a colación aquel episodio de la forma más inesperada. Mientras zurcía un calcetín o limpiaba guisantes. Lo hacía así, de manera inconsciente, pues de ese modo tenía las manos ocupadas y la mirada concentrada en la tarea. Una forma como otra cualquiera de mantener los sentimientos a raya. Haberse entregado plenamente a la rememoración de aquel intento y su posterior fracaso podría haberle hecho soltar alguna lágrima. Aquellas hortensias gallegas, decía, qué bonitas hubieran quedado en los arriates.

Ha sido Isabel la que se ha encargado de regalarle, cada Navidad y cada cumpleaños, alguna flor nueva. Petunias, gladiolos, crisantemos, rosas, margaritas y hasta una orquídea. Solo un año, cuando Juan trabajaba en Madrid como camarero al terminar la universidad, le llevó un regalo para Reyes. Eligió un bonsái que encontró a última hora en El Corte Inglés. Le pareció tan delicada la miniatura que no le cupo duda de que, a una amante de las plantas como su madre, le parecería el sumun de los regalos. Venía con un tiesto plano de barro vitrificado y unas tijeras de podar, ambos con una pátina de falsa antigüedad imperial japonesa. Sin embargo, aquel arbolito precisaba de unos cuidados que ella no estaba preparada para prodigarle. No comprendía la mujer el modo en el que había que regarlo, ni cómo ni cuándo podarlo. La escasa profundidad de la bandeja en la que el arbolito crecía la desconcertaba. Tampoco entendía que el placer de cuidar aquel árbol se derivara de mantenerlo miniaturizado, porque aquello era justo lo contrario de lo que ella buscaba mimando sus tiestos. Energizar las plantas para que floreciesen y completaran así su ciclo. Cavar, abonar, podar o fumigar como medios para conseguir una culminación que no puede ser otra que la flor. En ellas su madre se deleita y se realiza. Sin sus cuidados, no hay lugar para esa belleza. Las flores, salvo los glastos y las amapolas que, igual que los escombros, menudean en los márgenes de los caminos, no surgen de la nada ni aparecen por ensalmo en sus arriates. Es ella quien las saca adelante y a ellas puede entregarse plenamente, porque no la juzgan ni la lastran. Al contrario, se muestran esplendorosas y agradecidas. En mayo, el jazmín del pozo llena el patio con su olor dulce. La buganvilla revienta los ocres de la meseta con una explosión fucsia que atrae las miradas de los que pasan por la plaza.

La mujer está de pie, trabajando en una de las macetas de la pared, tocada con un sombrero de paja. No imagina en ese momento Juan que su madre se mueve en dos direcciones. De una parte, el alzhéimer actúa como una fuerza gravitacional que tira de ella hacia abajo, hacia la desmemoria y la torpeza. Su cerebro es una zaranda por la cual escapan los acontecimientos recientes pero no los primitivos. El tiempo aporta calibre a lo remoto. Recuerdos infantiles, deseos frustrados. Un juguete de lata al pie de una tapia desportillada; la enorme piedra del molino en el que su padre trabajaba; el agua de aquella garganta umbría; las ganas que tuvo de viajar y no pudo; la cercanía que siempre quiso para sus hijos y no fue; la presencia cotidiana de sus nietos, a los que ve de higos a brevas. Ese es un dolor que ni ella misma reconoce ni, mucho menos, se explica: que se le haya hurtado el manantial cristalino de los niños. Que no pueda ella beber de su amor atómico, que todo lo penetra con sus partículas porque no hay en él un solo reproche.

La otra fuerza que opera sobre la mujer es

opuesta en su dirección pero de similar magnitud. La muerte de su marido supondrá para ella un aligeramiento. Como esos globos antiguos que para regular la altura tienen que ir vaciando saquitos de arena colgados por fuera de la barquilla. Tampoco ella lo sabe, ni sospecha que lo siente. Está de luto. Es lo que tiene que hacer. Ocuparse de sus geranios en silencio, que la vida sigue, sin permitirse pensar que sus años de matrimonio los ha pasado en la barquilla de un globo aerostático del que colgaban, no bolsitas de arena, sino sacos de piedras. Y ahora Juan se despierta y la encuentra en el patio, con gestos más resueltos que los que ha mostrado en los días previos, y siente que su hermana le ha engañado. Que la mujer va y viene acarreando una regadera de tamaño considerable en lugar de estar en la cama, abatida por la tragedia de haber perdido a su marido. No era para tanto, se dice, y recuerda a su cuñado por un lado y a su hermana por otro, cargando de gravedad la noticia de la enfermedad de la madre. Si es esto lo que me aguarda, piensa Juan, todavía hay solución. No tiene claro qué es lo que tiene que hacer para dejarlo todo resuelto pero sí que no le dará tiempo antes del martes siguiente, fecha en la que pensaba regresar. Tendrá que llamar al Botánico.

17

Comen en la cocina. Juan con vino de la cooperativa, su madre con agua del grifo. La mujer ha frito la merluza que Isabel dejó en el frigorífico y la ha acompañado con una ensalada de lechuga de la tierra. Juan la observa. Su madre siempre ha comido con cierta ansia. Va del pescado al pan y de allí al agua, sin distracciones ni pausas. Sin comentarios. Sus ojos brillan, se relame, no le importa que los dedos se le manchen de aceite. Se los chupa y sigue. El pescado, blanquísimo, está jugoso y en la ensalada hay tallos crujientes y hojas tan recias que cuesta masticarlas. La madre se mete en la boca grandes tajadas de merluza y, a continuación, un tenedor cargado de lechuga. Se le hinchan los carrillos y, de cuando en cuando, separa los labios añadiendo a los ruidos de la masticación los de la salivación. En un momento la madre se lleva la mano a una mejilla y cierra los ojos. La muela, se queja. ¿Qué muela? Esta, y abre la boca llena y se la enseña apuntándola con un dedo. Juan desvía la mirada con un gesto de asco que la mujer, de nuevo concentrada en masticar, no percibe. Juan se limpia los labios con la servilleta y empuja teatralmente el plato hacia delante. Apenas ha tocado el pescado. La madre le pregunta si no va a comer más y él dice que se le ha quitado el apetito. Pues eso no puede ser, a saber la última vez que comiste. Juan se va de la cocina dejando el plato en la mesa y a su madre sola.

Después de la siesta decide acercarse a la nave a ver a Germán. Necesita salir de la casa y tomar el aire, aunque sea abrasador en pleno agosto. Le intriga también lo que sea que tiene que contarle. Supone que algo relacionado con la empresa o con los papeles pendientes. Algo que también le tocará a él resolver. Así que deja a su madre sentada en su sillón del porche con el rosario entre las manos y le dice que va a la nave a ver a Germán.

De lo primero que se da cuenta Juan al llegar a la cancela es de que no tiene cómo ir. *Laika* está tumbada a la sombra de la buganvilla. Levanta la mirada hacia él y sigue descansando. La nave está en un camino a unos cuatro kilómetros del pueblo. Puede cubrir esa distancia andando, pero el calor es insoportable. Si espera a que baje el sol, seguramente encontrará el taller cerrado. Rodea la casa por el corredor lateral y, en el patio trasero, intenta abrir la puerta del antiguo gallinero que usan como trastero. Otra construcción con la marca del padre: madera sacada de palés, uralitas diversas, ventanas recogidas de algún vertedero, una puerta de estilo castellano con el barniz pelándose. Tira del pomo. Está cerrada con llave, algo que no recuerda que haya sucedido nunca. El padre lo llamaba almacén porque, desde que dejaron de tener gallinas, allí iba dejando todo lo que le sobraba de sus reparaciones. Tiras este trozo de madera, decía el viejo, y mañana mismo te hace falta para calzar un mueble. Juan vuelve a la casa y regresa con la bombonera de cristal. La deja en el suelo y de ella va sacando llaves dispares que va probando hasta que una gira.

El lugar está lleno de trastos. Una mesa desvencijada, un tocadiscos, herramientas de albañilería y de limpieza. Sacos de yeso empezados que el tiempo y la humedad han endurecido. Un fuego circular para hacer paellas del que cuelga un regulador antiguo de butano. Encuentra su vieja bicicleta. Una bicicrós BH con el asiento alargado y muelles que simulan una suspensión. Está detrás de los utensilios de pintura que sus padres debieron de usar la última vez que blanquearon el patio. Para sacar la bicicleta tiene que retirar rodillos, una pértiga y algunos brochones. Dos latas de pintura son la última barrera. Una aparentemente sin usar y la otra con churretes. La que está nueva pesa y le desequilibra. La otra sale tan fácilmente que le parece vacía. Titán exterior e interior, se puede leer entre los restos secos de pintura.

Juan saca la bicicleta al patio y palpa las ruedas solo para confirmar lo evidente. Están pinchadas; las cubiertas, cuarteadas; la cadena, tiesa; los frenos, oxidados. Le pregunta a su madre si sabe dónde está el coche. ¿Qué coche? El nuestro. No sé qué coche es ese. Mamá, el *cuatro latas*. Así es como su familia, y todo el país, conocía al Renault 4L. El Seat 600 era el *seiscientos*. El Citroën 2CV, el *dos caballos*. Las clases populares tienden a corroer los nombres propios a base de apodos, en contraposición a las clases pudientes, con querencia a alargar al máximo sus apellidos, así como el nombre de sus vehículos. Ese *cuatro latas* color rojo, si lo encuentra, puede que sea la parte más jugosa de la herencia que reciban. En unos cuantos años será tan viejo que podrá ser vendido como antigüedad, con lo que pasará a llamarse Renault 4 del 71. Venderlo o subastarlo será, en cualquier caso, algo que le costaría trabajo hacer porque ese coche está con ellos desde el principio de los tiempos. Si en lugar de un coche se tratase de una mascota y ellos fueran de otra manera, lo presentarían a los demás como un miembro más de la familia. Ningún otro bien material ha cumplido la función aglutinadora de ese coche. Ni la casa, ni la empresa, ni los almendros o la viña junto a la alberca. En él viajaban cada fin de semana de Getafe a Cruces y en él iban en verano a Escalona, a poco más de veinte kilómetros del pueblo, a remojarse en el río Alberche. Llevaban sillas plegables, fiambreras con filetes rusos y, nada más llegar a la orilla, su padre soltaba lo que tuviera en las manos y buscaba algún remanso seguro en el que poner el melón a refrescar.

Esas fueron siempre sus vacaciones infantiles, excepto un año. Juan no sabe cómo ni por qué, en el verano de mil novecientos ochenta y uno fueron a Alicante. Recuerda el año porque, desde entonces, hay en el salón, entre los volúmenes de la colección Austral, una foto de su hermana y él en la playa. En una esquina alguien escribió *a añe* mil novecientos ochenta y uno. Toda la vida leyendo ese misterioso *a añe*, esa errata. Recuerda vagamente el agua caliente del Mediterráneo pero no el día en que se perdió entre los miles de veraneantes y alguien le llevó a un puesto de la Cruz Roja donde sus padres lo recuperaron; otra de las historias familiares que su madre se ha pasado la vida contando. Recuerda el camping, el coche aparcado a la sombra junto a la tienda de campaña. Las hojas de eucalipto pinchándole los pies, el camión del hielo llegando cada día para descargar gruesas barras con las que refrescar el vino y la ensaladilla rusa. También recuerda el sabor de la leche de botella, que tomó allí por primera vez. Un sabor a uperización que asoció a la limpieza del líquido, algo que contrastaba con la turbidez grasienta de la leche que tomaban en casa. La vaquería no estaba lejos. La pestilencia de aquel lugar en el que los animales, sus excrementos y el vaquero convivían en perfecta armonía es algo en lo que Juan no había reparado hasta que tomó aquella leche envasada en el camping. No había que cocerla. No había nata, ni irisaciones, ni grumos. No había ninguna vinculación entre aquel alimento y la mierda que el animal que lo producía derramaba por el suelo, cerca de las ubres.

Ese verano escuchó a sus padres reír juntos por última vez. Eso cree. Su hermana y él jugaban en los alrededores de aquella tienda de campaña azul que, ahora lo sabe, les prestó el maestro de Torrijos que Fermín le presentó en el tanatorio. Al otro lado de la lona, dentro de la tienda, sus padres. Él le dice algo a ella y ella se ríe a carcajadas. Su hermana y él se miran y tratan de contener sus propias risas tapándose la boca con las manos. Luego silencio dentro de la tienda y movimientos de la estructura y vibración de los vientos clavados al suelo arenoso. Ese es el Everest de la felicidad familiar. Verano, pies descalzos, leche de botella, su hermana y él jugando, sus padres amándose a plena luz del día con sus hijos al otro lado de una lona azul. Eso es lo más cerca que han estado ellos de ser una familia que desayuna pan de espelta en la cocina. Juan siempre ha creído que fue la madre la que tiró de aquel carro, la que quiso imitar a las otras familias del interior que empezaban a viajar a la costa. Juan no sabe cómo pudo convencer a su padre de que dejara las tierras por unos días y se fueran de viaje lejos, mucho más allá del Alberche. Los cuatro en el *cuatro latas*, con las ventanillas abiertas y sin cinturón de seguridad. Cada uno, a su manera, experimentando su propia libertad.

18

Con la bicicleta inutilizable y el *cuatro latas* desaparecido, decide ir al taller caminando, aunque haga calor, y regresar al pueblo con Germán, en su coche. Recorre los cuatro kilómetros en menos de una hora. Suficiente tiempo como para llegar sudando a chorros. Por el camino, mientras va buscando la sombra de los olivos, se hace por primera vez una pregunta que ya se repetirá para el resto de su vida: mi padre ha muerto y yo no estaba a su lado. ¿Por qué no estaba?

Ve a lo lejos la vieja nave, alargada, rojiza. Desde donde está también aprecia la altura de la torre del transformador de la luz, la caperuza del antiguo silo de pienso y el color ligeramente más oscuro de la nave anexa que el padre construyó en la época buena. Un concepto general con significado particular. Cuando su padre hablaba de la época buena se refería a un periodo en el que no daban abasto porque España entera había entrado en combustión inmobiliaria. Todo el mundo ansiaba tener una casa, los bancos eran piscinas de dinero, los ayuntamientos querían recaudar impuestos, y algunos intermediarios, cobrar mordidas. La *época buena* de la fábrica coincide con la época buena de España. El milagro económico del país fue una explosión cuya metralla entró por las ventanas de muchos hogares. Los televisores fueron haciéndose más planos y más grandes. Los coches con inyección florecieron en las aceras de los barrios obreros y los yates en los pantalanes de los puertos deportivos. Las promociones de chalets adosados se levantaban en los secanos por arte recalificatorio. El viejo no tenía manos suficientes. Había momentos en los que, además de Germán, había otros tres o cuatro hombres trabajando a pleno rendimiento. Alguno incluso con contrato. Esa fue la época en la que construyó la nave adjunta, para meter más mesas de trabajo, y también en la que compró la *Indianápolis* para el aglomerado. La apuesta por aquella máquina fue muy alta y, hasta que no le quedó más remedio que admitir su derrota, se empeñó en darle todo el uso posible a la *India*. ¿Qué hago con estos palés? Mételos en la *India*. Las puertas de Fulanito. A la *India*. Las de Novés, la *India*. Lo de la reforma de la biblioteca de Talavera, la *India*.

La *India*, la *India*. Ese fue el milagro del viejo: comprar una máquina modernísima y muy cara y meterla en un antiguo cebadero de chotos.

A medida que se acerca a la fábrica, los detalles constructivos se van revelando, y con ellos, sus recuerdos. La mella en el alero del tejado de cuando un poste de la luz fue vencido por el viento. Los cristales rotos de una de las ventanas altas. Las rejas en esas mismas ventanas, de cuando comenzaron los hurtos. Un domingo en el que un vecino volvía de sus olivos vio gente merodeando por la nave y llamó al viejo. Ese día Juan, con dieciséis años, y su padre dejaron la comida en el plato y se montaron los dos en el *cuatro latas*. Cuando llegaron, el hombre paró el coche al principio del camino de acceso y se acercaron los dos, sigilosos. Todo parecía tranquilo hasta que rodearon la torre del transformador, vieron la rejilla de ventilación arrancada y el ruido de los martillazos dentro. El padre mandó a su hijo a Torrijos en busca de la Guardia Civil. Juan recuerda el trayecto como si fuera ayer, porque iba camino del cuartel conduciendo un coche, sin carnet, ni edad para conducir, con su padre esperando los refuerzos, apostado frente al hueco de ventilación con un palo en la mano. Juan regresó siguiendo a otro Renault 4, el de la Guardia Civil, y, cuando llegaron, todavía estaban dentro los ladrones peleando contra el cobre y la alta tensión. Recuerda las voces del sargento anunciando que la Benemérita estaba allí y los dos jóvenes saliendo por el ventanuco con las manos en alto. Las esposas niqueladas y otros dos coches de la rural llegando y los muchachos mintiéndole a la Guardia Civil como si tal cosa. ¿Cómo te llamas? Raimundo. ¿Y tú? Mariano. ¿De dónde sois? De Burujón. ¿Cómo has dicho que te llamabas tú? Manuel. Los metieron en uno de los coches y se los llevaron. Y Juan se quedó solo con su padre, que de buena gana los hubiera molido a palos.

Se acerca por el camino como aquel día con el viejo. Todo sigue igual. Palés amontonados, recortes de madera, latas vacías de barniz, el silo de pienso, la torre de la luz con la rejilla de ventilación oxidada. La C-15 de Germán está aparcada a la sombra de la torre, al lado del *cuatro latas*. La memoria que se prende de las piedras y los ladrillos perdura más que la que sustenta la carne. Se van los viejos por el sumidero rectangular de las sepulturas. Y ese agujero sigue abierto para siempre, absorbiendo los recuerdos de los vivos. Un día uno no recuerda bien si la montura de las gafas de su padre era dorada o plateada, con lo nítido que fue en vida ese detalle. Siempre estaba ahí ese marco metálico cuando se le buscaba la mirada. Y los huecos oscuros del muerto, que en vida hedían, se van aireando con el tiempo y, al correr de los años, ya solo aspira uno las fragancias del que se fue. Entonces y solo entonces adquiere plenamente el apelativo de ser querido que tan ligeramente se usa en vida. Y llega el día en que se acuesta uno y no ha dedicado un solo segundo en la jornada al ser querido. Esa es la verdadera muerte. Pero no les pasa eso a las piedras ni a los metales. Ahí están los silos herrumbrosos y Juan jugando bajo ellos. A unas decenas de metros, hacia el este, la alberca con la casa de aperos entre los almendros. Allí el portón abierto de la nave, por el que se oye, lejano, el ruido de la lijadora y por el que, de adolescente, él veía brotar la nube de polvo de serrín que quizá fue la puntilla del viejo.

De pie frente a la puerta abierta, la tarde cayendo hacia el oeste por detrás de la sierra de Gredos, siente que hay un Juan suspendido en aquel lugar. Que también él está en las piedras, que también él es parte de ese espacio, en apariencia detenido. Y ese Juan, repartido por el aire y los agujeros de los ladrillos, reúne sus partes y desciende sobre él, que ya es otro, en parte nuevo, en parte el mismo que veía al viejo, sin saberlo, envenenarse con el serrín.

Se asoma a la nave grande. El desorden de siempre. La *India* en su sitio, el toro mecánico Toyota, los bidones de barniz, los de cola, los disolventes. El viejo remolque de las vendimias cogiendo mugre. En un extremo, adosada a la pared, la pequeña oficina comunicada con la nave por una puerta y una ventana. Camina hacia ella y se asoma al interior. La mesa de chapa gris con su tablero de cristal, la silla acolchada y el carrito con la máquina de escribir. Papeles apilados, una estantería con archivadores, muestrarios de materiales, retales de maderas más nobles que las utilizadas para las puertas. Es una oficina de los ochenta en pleno dos mil diez, cuyos elementos permanecen conservados en una solución de polvo y luz veraniega.

En la nave principal, lo único que le resulta diferente son cuatro torres de tablones junto a la abertura que comunica la nave grande con la pequeña y varios palés con contrachapado. Demasiada madera. En la nave anexa suena la lijadora con la que Germán trabaja. Se resiste a entrar. Intuye que eso que tiene que contarle le va a complicar la vida. Se da la vuelta, sale al exterior y se acerca al Renault 4. Las ruedas tienen poca presión, los cristales están sucios. Mira al interior a través de la ventanilla del conductor. La palanca de cambios con su empuñadura negra sale del mismo salpicadero. Hacía mucho que no pensaba en esa palanca y en su emplazamiento anacrónico. En ese coche aprendió él a conducir con su padre, que estaba empeñado en que Juan llegara a la autoescuela con las prácticas ya hechas y no tener que pagar por innumerables sesiones de conducción. Con la mano sobre la chapa roja del techo, Juan recibe ese recuerdo con cierta aprensión. Su padre muerto le va a asediar con imágenes difíciles de eludir. Va a querer hablarle desde el otro lado para decirle aquello que no se atrevió a decirle en vida.

Germán está de espaldas cepillando un perfil. Las virutas que salen proyectadas forman un montón junto a la máquina. Para la edad que tiene, se mueve con agilidad. Conserva los brazos fuertes y la espalda flexible. Antes de alertarle de su presencia, Juan se entretiene observando el espacio. Tres años allí metido antes de salir por patas. Una eternidad oscura entre dos momentos de luz: su vida en Madrid, después de la universidad, y su vida en Edimburgo. La fábrica como un periodo de cautiverio en medio de dos espacios de libertad. Ambas ciudades, Madrid y Edimburgo, con calles estrechas y edificios altos que acentúan la falta de horizonte. Para él, territorios inexplorados. El espacio salvaje, en la ciudad. El domesticado, en el pueblo.

Las paredes son de ladrillo sin revocar. Hay herramientas por todas partes. Todo lo que se guarda allí dentro es material obsoleto. Las máquinas, antiguas, incapaces de competir, ni contra las grandes empresas ni contra los nuevos tiempos. Las puertas de aglomerado o de contrachapado tuvieron su momento, como lo tuvieron la pintura al gotelé o el suelo de terrazo. Era lo que se ponía en las casas porque estaba de moda. Y estaba de moda porque era barato. También los pobres son capaces de apreciar la prestancia de un buen mármol o la densidad del nogal, pero no están a su alcance, así que para sus suelos, grava mezclada con cemento y, para sus mesas, tableros de madera triturada. Las piezas enteras para los ricos y el picadillo para los pobres. Pero ya ni los pobres compran sus puertas. Lo que sea que ponen ahora en sus casas, en los suelos o en los marcos, se hace en grandes fábricas en China o en Marruecos y aquello no es más que un taller artesano donde dos hombres se han pasado media vida haciendo puertas de pésima calidad y a mano. Uno de ellos, el dueño, ya no está, y él, el heredero, no tiene ninguna intención de coger su relevo. Solo hay una opción, vender la fábrica a quien la quiera. Liquidar las máquinas y las herramientas y deshacerse también de las dos naves y hasta del solar. Ese podría ser el sustento de su madre.

Germán levanta la cabeza de la máquina, se gira, ve a Juan y sonríe. La suya es una alegría franca. Juan es para él lo más parecido que ha tenido a un hijo. Siempre se han llevado bien a pesar de la diferencia de edad. Apaga el motor con la pieza a medio trabajar. Las cuchillas van frenándose, el ruido decreciendo. Se quita los guantes y se acerca a recibirle. Perdona que no te abrace, Juanito, estoy hecho un asco. Juan le resta importancia y luego gira sobre los talones con la mano al frente, como si brindara un toro, para subrayar una evidencia que para Germán, quizá, no sea tal: no ha cambiado nada en aquel lugar desde que empezaron. Apenas ha habido renovación de las máquinas, los recortes que van sobrando están en el mismo rincón y hasta parecen los mismos. El calendario erótico de mil novecientos ochenta y tres, el año en que el padre compró el negocio, sigue ahí, abierto por septiembre. Los mismos pechos enormes, los mismos pezones como galletas Fontaneda. Sonríen al rememorar la vieja broma. Germán le pregunta cómo está y Juan le cuenta que más descansado y, de paso, le pone al día de las novedades referentes a la marcha de su hermana y a las necesidades de su madre.

—¿Entonces no te vas? —pregunta Germán.

—De momento no.

—Pues me alegro, hombre, porque aquí hay mucha faena. Tu padre siguió viniendo hasta finales de mayo. Era cabezón como él solo. Habiendo pasado por la quimioterapia y todo. Se recuperó y volvió a la fábrica. Lo último que hizo fue conseguir una promoción de veintidós chalets en Maqueda. De tres plantas cada uno. Puertas para aburrir, Juan. Y va el *cabrón* y se muere y me deja aquí con todo esto.

Juan sonríe sin ganas.

—Conmigo no cuentes, Germán.

—¡Pero, hombre!

—Me parece que mi madre no está tan mal como piensa Isabel. Voy a estar aquí algunas semanas más, arreglándole las cosas, y si todo sigue bien, lo organizaré para que esté atendida. Todavía tengo que ver las cuentas y solucionar lo de su pensión de viudedad. —No dice nada de deshacerse del negocio—. Con eso, digo yo, será suficiente.

—Pues no te quiero desanimar, pero le va a quedar una pensión muy mala.

—Eso depende de lo que cotizara mi padre.

—Tu padre no estaba ni dado de alta por no sé qué cosa de la incapacidad que tenía. Aquí el único que cotiza soy yo.

Juan levanta exageradamente una ceja mientras echa la cabeza hacia atrás.

—Pero agárrate. Eso no es todo. Para poder coger la obra de Maqueda, que iba a ser su jubilación, decía, tuvo que invertir los ahorros que tenían.

—Estás de broma.

—No. Eso fue lo que me contó, aunque con tu padre nunca se sabía. Era un buen hombre, ya lo creo que sí, pero hablaba tan poco que no había nunca manera de averiguar qué pensaba de las cosas, si te lo contaba todo o no.

Juan asiente en silencio confirmando lo que Germán dice.

—Toda esa madera que hay ahí fuera, más otros nueve metros cúbicos que llegan en dos semanas, es, por lo visto, todo el dinero que tenían. Tu padre consiguió lo de Maqueda ajustando mucho los precios.

Juan se pasa la mano por la cabeza.

—Ya hemos entregado diez de los veintidós chalets y vamos muy tarde para lo que falta. Tu padre no estaba para deslomarse aquí y no quiso contratar a nadie más porque decía que otro empleado se comería los beneficios. Así que se puede decir que la obra me la estoy haciendo yo solo echando aquí todas las horas que puedo. Ya hemos tenido que retrasar la fecha de entrega dos veces. Si hay que volver a aplazarla, vete tú a saber si cobramos.

19

Cuando llega a casa a la hora de la cena, huele a coliflor cocida. Encuentra a su madre sentada frente a su plato, a punto de empezar. La luz del fluorescente del techo rebota en los azulejos de las paredes. La cocina parece un quirófano. En su lado de la mesa le espera la merluza que se dejó a la hora de comer, un vaso vacío y la botella de vino. Juan se pasa una mano por la frente y luego por la nuca. Suspira. Se sienta y comen en silencio.

Cuando ya casi han terminado, la madre repite el gesto del mediodía. Debe de estar picada la muela, dice. Iremos al dentista, responde Juan con tal sequedad que él mismo se retrae. No cree que su madre se esté dando cuenta de sus malos modos, de su incomodidad, pero, aun así, hace un esfuerzo y le pregunta cómo está. La mujer responde que muy tierna, que seguro que Isabel se la ha comprado a Ángel, el frutero ambulante. Que cómo estás tú, mamá. Bueno, tú sabes, en fin, habrá que hacerse a la idea. A ver cómo me apaño yo con los papeles que habrá que hacer y el lío que tenía tu padre en la fábrica y los trabajos pendientes. Por lo menos está aquí Germán, que vendrá a verme, digo yo, y me llevará a Torrijos, al dentista. Juan tiene el vaso de vino en la mano, pero no bebe. En ningún momento cuenta con él. Quizá, se dice, esté llamando su atención para que se quede más tiempo a su lado. O simplemente necesita verdadera ayuda con los trámites y con la transición a una vida nueva en la que alguien tendrá que hacerse cargo de las tareas de las que el padre se ocupaba. Juan da un sorbo al vino. Yo estoy aquí, le dice. Yo me encargaré de los papeles y de llevarte al médico, por lo menos durante las próximas semanas. Después, ya veremos. A la mujer le cambia el gesto y libera un suspiro que igual podría ser de pena que de alivio.

En la mente de Juan, como en todas, hay estantes más y menos profundos. En los que están a la vista y les da el aire y la luz hay soluciones tolerables, como alargar durante algún tiempo su estancia, atenderla lo mejor que pueda, dejar listos los papeles y encauzada la situación económica de su madre. Trazar un plan junto con Isabel en el que la mujer pueda vivir de la manera más autónoma posible. A pesar de lo que pueda opinar su hermana, no renuncia a la idea de alguien que venga, al menos, a ayudarla con las tareas de la casa o, incluso, a liberarla de ellas.

Por otra parte, en un estante profundo de su despensa de soluciones, un rincón oscuro en el que Juan no quiere ver claramente lo que hay, se guarda una opción que a su hermana le parecería intolerable: la residencia de ancianos. Allí la mujer estará bien atendida, enfermería veinticuatro horas, médico, cocina sana y, en lugar de quitarles el polvo a los muebles y limpiar cristales de una casa solitaria, juegos de mesa en compañía de gente de su edad, sesiones de pasodoble, talleres de macramé, visitas de los Reyes Magos por Navidad. La imagina sentada en una butaca de porte hospitalario junto a otros residentes. Es carnaval y la han disfrazado con un gorro de cartón, un antifaz y un matasuegras.

¿Vas a *aparcar* a mamá?, le dice Isabel desde algún lugar de su conciencia. Es una pregunta que esconde una afirmación: vas a aparcar a mamá. La vas a dejar al cuidado de unos extraños porque ya no tienes edad para ciertas cosas, como que te obligue a terminarte la comida. Lleva la voz de Isabel metida en la cabeza. Es imposible deshacerse de ella. Siempre ha estado ahí, atándole en corto, desde niños. Sus padres estaban ocupados con sus tareas y ella estaba ocupada con él. Se dice a sí mismo que la opinión contraria que pueda tener su hermana se debe a sus prejuicios. Una residencia no es un aparcamiento de ancianos. También allí, entre manualidades y crucigramas, hay personas amorosas, con vocación geriátrica que lo pueden hacer mucho mejor que él. Y que ella.

20

Pasa la mañana siguiente dibujando un mapa de la nueva situación. La charla con Germán, en la fábrica, es otra vía de agua abierta en su casco. Una más. Desde que ha llegado al pueblo no ha dejado de recibir noticias que confabulan contra él. Su situación se ha ido enmarañando de una manera que no había previsto. Las horas que transcurrieron entre que su hermana le informó de la muerte del padre y tomó el avión en Edimburgo las dedicó, de hecho, a convencerse de que nada cambiaría para él. Habló con Mr. Cochrane para solicitarle una semana de permiso que, dadas las circunstancias, el hombre le concedió sin problemas. No solo eso, le dio facilidades. Que si necesitaba algún día más que lo cogiera, que ya se apañarían. Buscó un billete con una vuelta que le permitiera estar alrededor de una semana con ella, consolándola, e incluso se convenció de que en esos siete días en la tranquilidad de Cruces le daría tiempo a que su madre sintiera su presencia cercana. Quería darle a entender que, aunque él viviera en Escocia, a dos mil cuatrocientos kilómetros de allí, no tardaría más en llegar que si viviera en Zamora. ¿A que no se sentiría usted tan mal si yo me volviera en unos días a Zamora? ¿Verdad que no? Pues ahora con los vuelos de bajo coste es más o menos lo mismo. Que usted me necesita, me llama y yo vengo lo antes posible. Así, *grosso modo*, iba a discurrir la escena. Juan sentado en una silla junto al sillón de orejas de la madre, cogiéndole la mano, tratándola de usted con condescendencia. Así es como se le quita gravedad a lo grave, con humor. Hubiera acercado su boca a la oreja de ella y le habría dicho lo de Zamora medio gritando, como si estuviera sorda. Otra escena de vodevil que ya no tiene sentido. Primero porque entre las bambalinas ahora no está su hermana Isabel, la regidora con la que él contaba. En su ensoñación, ella seguiría manejando los hilos. Y esto Juan, aunque no fuera consciente, lo llevaba inscrito en sus células igual que lo llevaba su madre anciana: la mayor parte de la responsabilidad en el cuidado de la viuda recaía en ella. Pero eso no era cierto ni tampoco que las distancias no existieran. Lo sabían los dos. No era lo mismo Edimburgo que Zamora. Y mucho menos que su hermana tuviera que soportar más peso que él en el cuidado. Esa era, precisamente, una de las cosas que Isabel le había dicho a Juan con su marcha. Que ya era momento para todos de entrar en el siglo veintiuno. Que también ella se había caído del guindo porque, hasta hacía bien poco, era la primera convencida de que la gran carga tenía que llevarla sola. Por hija mayor, por mujer, por obstinación de la madre, por incomparecencia de su hermano. Por lo que fuera. Pero un día, regresando de Cruces a Barcelona, entrando en casa a las dos de la madrugada, con menos de cuatro horas por delante para descansar e iniciar una nueva semana, Isabel se sentó en el sillón de leer de su piso del Paseo de Gracia, los niños y Andreu durmiendo, oscuridad y el rumor de fondo de una ciudad que nunca se apaga del todo. Y empezó a llorar de puro cansancio. Esto no es mío, se dijo. No me pertenece a mí esta mochila. Yo ya tengo que cuidar de mis hijos y vivir mi vida y mirar de vez en cuando a algo que no sean proteínas o ventanillas de avión. Y esa noche, después de pasar un rato respirando profundamente, se duchó, se metió en la cama, se agarró a Andreu y se quedó dormida al instante. A la mañana siguiente ya empezaban las cosas a rodar de una nueva manera. En el trabajo recuperó los correos de aquel laboratorio americano que había contactado con ellos en el congreso en Hamburgo. Desde el principio quedó claro que había que desarrollar la patente fuera, con más medios. Ocho meses después, ya lo tenía todo listo para trasladarse con su familia, a la espera solo de cómo evolucionara la situación de su padre tras el diagnóstico de cáncer. Pero eso no llegó a suceder porque a aquella noticia le siguió un tratamiento oncológico a base de ciclos de quimioterapia que la tuvieron viajando durante meses. Y después, aunque el hombre pareció recuperarse, e incluso volvió a aparecer por la nave, siguieron algunas recaídas. Y si no era el oncólogo, era el neumólogo y, si no, el doctor Colchero, su cardiólogo de siempre, de la madre y de él. Un médico en el que los dos confiaban más que en nadie. Isabel se propuso estar tan presente como pudiera y, además, hacerlo siempre con buena actitud (iba hasta allí a infundir ánimo, a derramar sobre sus padres su amor filial y su sentido del deber) a pesar de que tras la paliza de viajar desde Barcelona hasta Cruces en un fin de semana fuera recibida, invariablemente, por los reproches de su madre. La mujer esperaba siempre su llegada sentada en el porche, con el largo patio frente a ella. Por la cancela del fondo, si no se retrasaba el vuelo que cogía los viernes, aparecía Isabel a eso de las diez de la noche. Y en lugar de acercarse a abrirle, la madre la esperaba sentada en su silla con la escopeta cargada. Cuando estaba ya cerca, se incorporaba seria, y avanzaba un brazo hacia ella que anunciaba un par de besos formales. Que no le pareciera a su hija que no estaba contenta con su visita. Pero era separar sus mejillas y empezar. Vaya horas, hija. Está la cena helada y tu padre ya se ha ido a la cama. A ver si puedes venir un poco antes la próxima vez, que tú eres la jefa del laboratorio y de algo tendrá que servirte. Seguro que tus compañeros no trabajan ni la mitad. Isabel soltaba la maleta con la cara que se tiene cuando una se ha levantado a las seis y diez, ha trabajado el día entero y a las cuatro se ha ido al aeropuerto a toda prisa. Las patas de gallo y las arrugas prematuras de quien ha estado forzando la máquina una semana entera, lo mismo que la anterior y la anterior a la anterior; trayendo y llevando a los niños a inglés y a fútbol; pensando en la intendencia de la casa, la leche de avena, que no se me pase llamar a la compañía de la luz para bajar la potencia contratada porque nos están clavando un mes detrás de otro sin que yo encuentre un momento para hacer la gestión; el jueves Oriol va a un cumpleaños, hay que comprar el regalo; el profesor de *Science* ha decidido que los niños trabajen por proyectos, cosa muy moderna, muy pedagógica y con la que Isabel está muy de acuerdo, pero como ese profesor es una isla en un sistema educativo industrial, no hay costumbre y los niños no saben dónde encontrar la información ni cómo discriminarla así que, dale, también hay que sacar tiempo para un trabajo sobre los volcanes y hay que hacerlo de tal modo que parezca que lo ha hecho el niño solo. E Isabel, entre artículos científicos y correos electrónicos, se sienta en la cocina con Xavi, un chico de once años que busca atraer la atomizada atención de su madre metiéndole el dedo en la herida que más le duele: la indolencia. Con once años, cosa que no sucedía antes, hay que arrastrarlo para cualquier cosa excepto para jugar a la Play con sus amigos. Isabel tiene que tirar de él como si arrastrara el cadáver de un obeso por la orilla de una playa. La tarea de *Science* consiste en hacer la maqueta de un volcán señalando sus partes. No se trata de estudiar, ni de responder preguntas o memorizar. Habrá que guarrear, algo que todo niño, incluso un preadolescente como Xavi, hace con gusto. Isabel se sienta con su hijo para mostrarle discretamente dónde está cada cosa que necesita, representando para él la misma ficción que para el profesor de *Science*: que los dos piensen que ha sido el muchacho quien ha tenido la idea de utilizar el cartón de la caja de leche, los depresores de madera, el algodón que hay en el botiquín y el periódico atrasado que espera en su cubo a ser reciclado. Colores a la témpera y pinceles a mano y, para la lava, una mezcla de ceras naranja y roja recubierta de brillante Alkil. Con la tarea encarrilada, Isabel regresa al salón para dejar enviados los resultados de un ensayo reciente y que su equipo pueda seguir trabajando en el laboratorio. Antes de darse cuenta, está respondiendo correos en inglés y en alemán, ojea los titulares en la prensa digital y busca si hay alguna mención en internet a su último artículo en el *Journal of Cell Biology*.

Cuando regresa a la cocina, el volcán, asegura Xavi, está listo. Lo que ve Isabel es un engendro al que la témpera parece haberle caído del techo y bajo la cual se pueden leer los titulares de *La Vanguardia*. Y ahí es donde la gran batalla da comienzo: la pugna entre la Isabel social y la Isabel real. La que sabe perfectamente que lo que se le pide es que represente un papel y la que siente vergüenza por la dejadez con la que su hijo ha completado la tarea. Viendo la maqueta, el profesor pensará de *ella* que está criando a sus hijos en la pereza porque el descuido con el que está hecha no admite dudas. Es la clase de esfuerzo que se valora en una guardería pero no en sexto de primaria, donde todo mira ya al salto que habrán de dar los chicos a la secundaria. No hay un solo nombre indicando las partes del volcán. De hecho, ni hay partes en el volcán. Solo papel y cartón revueltos, témpera derramada y desidia, mucha desidia. Isabel respira abdominalmente y se sienta de nuevo con Xavi, que está recostado sobre la mesa. Comienza en tono de broma, pero no tarda en enfurecerse ante la falta de respuesta. El muchacho termina siendo castigado en su cuarto hasta la hora de cenar, con la advertencia de que no encienda la Play. Ella se queda en la cocina y termina transformando el trabajo preescolar en una maqueta más proporcionada de lo que haría un preadolescente normal, con una sección transversal a dos planos a través de la cual se señalan, diferenciados por colores, la chimenea, el cráter, el cono y la lava. Cree que, omitiendo conceptos como cámara magmática, material piroclástico y columna eruptiva, podrá hacer creer al profesor lo que pretende y ahorrarse así la vergüenza. Oriol le tira de la manga porque tiene hambre e Isabel se pregunta dónde estará Andreu a esa misma hora, si habrá llegado ya a Berlín o si seguirá atrapado en el *hub* de Frankfurt.

21

En la cocina, la madre limpia lentejas sobre la mesa. De un montón va separando puñados en los que busca piedrecillas. Juan se asoma a la puerta y le pregunta dónde están los papeles de la familia. No sé, dice la mujer. Mira en la caja de madera del ropero. En esa casa, el concepto inespecífico caja de madera solo tiene un significado: una especie de portafolios de contrachapado en el que se guardan los documentos importantes. Se va al dormitorio matrimonial y abre el armario ropero. El tufo a naftalina se le echa encima y le hace retroceder como si él fuera una polilla. Mete la mano por entre las prendas colgadas y las avienta lateralmente para que el aire se renueve. La mayor parte de la ropa es de la madre. Las camisas, los pantalones y los dos trajes del padre siguen ahí, con sus solapas de tamaño anacrónico. Habrá que hacer algo con esa ropa, piensa Juan. Predominan los colores oscuros. La prenda de tono más vivo es una chaqueta burdeos de sarga de algodón que la madre compró para la comunión de Juan. Cuando termina de ventilar, abre el cajón inferior y lo que ve refrena el impulso que traía por encontrar cuanto antes los documentos que necesita. Tira del cajón inmediatamente superior y luego del otro y del más alto con el mismo resultado. Ha abierto esos mismos cajones cientos de veces a lo largo de su vida. Su contenido siempre respondió al carácter de su madre: orden, limpieza y plancha. Las sábanas, lisas; las camisetas interiores, perfectamente dobladas; los calcetines, alineados en compartimentos. Lo del padre, lo de la madre. Lo de invierno, lo de verano. Lo de diario, lo de los domingos. No queda ni rastro del viejo orden. Hay sábanas en el segundo cajón, espacio tradicionalmente reservado para la ropa interior. Los calcetines están desparejados. Hay bragas revueltas con tirantes y pañuelos. Y, sobre todo, lo que hay por todas partes son pequeños paquetitos de papel. Coge uno y lo desenvuelve. Una llave. Sigue abriendo. Monedas de veinticinco pesetas. La batería de un móvil Nokia. Un rotulador. Una bobina de hilo negro. Un cepillo para el pelo, una estampa de Fray Leopoldo, garbanzos, un acerico, un pequeño cuchillo de cocina, semillas de calabaza unidas entre sí por las fibras resecas de la placenta que ya no huele. Durante unos segundos Juan contempla el hallazgo sin entender su significado. Cuando por fin encuentra un sustantivo con el que resumir su extrañeza, se equivoca. *Vejez*, se dice, en lugar del más preciso *demencia*. Su madre está más mayor de lo que pensaba. Rarezas en las que la senectud y la infancia se encuentran. También los niños esconden pequeños tesoros en los lugares más insospechados de la casa. Seguro que, cualquier día, él mismo se topa con alguno de ellos. Desde que se fue a estudiar a Madrid, quince años atrás, no cree haber vuelto a mirar en esos cajones para nada. Tiempo más que suficiente para haberle perdido la pista a su madre. Dejas de ver a un niño dos meses y, a la vuelta, es otro. A eso se agarra Juan, a la naturalidad de ciertos procesos: nacimiento, crecimiento, vejez. Empezar con torpeza el camino, adquirir habilidades y, finalmente, ir deshaciéndose de ellas en un círculo perfecto y eterno. Entramos y salimos de escena de igual modo: desnudos.

Cierra los tres primeros cajones, se agacha y rebusca en el de más abajo hasta que da con la caja de madera. Se sienta sobre la cama, se pone la caja sobre los muslos y abre la tapa. Tres libretas bancarias, las escrituras de propiedad de la casa y de la fábrica. Papeles de la empresa, facturas, tres billetes de cien euros en un sobre, un crucifijo. Las libretas están a nombre de los dos. El saldo de todas juntas no llega a dos mil euros. Va con ellas hasta la cocina donde la madre sigue con las lentejas. Le pregunta si sabe cuál de las libretas es la que usan para la casa pero la mujer no dice nada. Toma la de la Caja Rural, se sienta en la silla libre y repasa los movimientos. Hay dos ingresos que se repiten todos los meses: seiscientos treinta y dos euros de la pensión de invalidez del padre y ciento cincuenta euros de Isabel Álvarez. La Isabel que destina parte de su dinero al cuidado de unos padres ancianos se relaciona con la Isabel de la caricia en el cementerio. Una mujer con caras que él no conoce. El dinero que envía también es, como la nevera o el coche de alquiler, una forma de expresar su amor y sus remordimientos.

Los asientos relativos a la pensión del padre incluyen un código que le resulta indescifrable. Piensa que quizá se le escape algo y decide llamar a la Delegación de la Seguridad Social de Toledo. La funcionaria que le atiende le orienta someramente a partir de la información que Juan le facilita. Por lo que cuenta, su madre aspirará a una paga de unos cuatrocientos euros. Doscientos euros menos que lo que percibía su padre. Juan no puede creer lo que oye y le pide a la funcionaria que se asegure de que es cierto lo que dice. La mujer hace una pausa y con la misma voz calmada con la que le estaba atendiendo le informa de que lleva veintiséis años trabajando en esa delegación y que cree conocer bastante bien las leyes que afectan a su madre. Aunque para usted sea todo nuevo, le informa, no es el primer caso de fallecimiento con viudedad que se nos presenta a nosotros. Le sugiero, no obstante, que pida una cita en la delegación para informarse y para iniciar el trámite. En el frigorífico sigue la nota de Isabel con el recordatorio de la consulta con el cardiólogo. ¿Podría ser el lunes treinta?, pregunta Juan. Tendrá que llamar al teléfono de citas, le informa la mujer en su tono aséptico. Tome nota. Juan apunta los números en un papel y nada más colgar, llama a la delegación. Entre las fechas disponibles que le ofrece el funcionario está el lunes treinta. Juan la confirma y cuelga. Si nada falla, podrán matar dos pájaros de un tiro, cardiólogo y pensión. Salud y dinero. El amor, de momento, no comparece.

22

El sábado por la tarde regresa a la fábrica. Tiene la esperanza de que, entre los papeles de su padre, aparezca una solución para sus problemas. Alguna otra cartilla bancaria, recibís, un libro de cuentas. A pesar de lo hablado con Isabel, todavía piensa que con dinero podrá asegurar el bienestar de su madre. Sobre todo si es mucho dinero. Dependiendo de la cantidad, podrá presentarle a su hermana un plan u otro. En ningún momento se le ocurre pensar en cuál puede ser la opinión de la afectada, su madre. Atención domiciliaria combinada con viajes frecuentes desde Escocia. Trabajar los fines de semana si fuera preciso y disponer cada mes de cuatro o cinco días libres seguidos para viajar al pueblo. Hacer realidad la milonga de Zamora y demostrárselo a Isabel con hechos. Le planteará la situación a Mr. Cochrane, apelará a su ya demostrado deseo de trabajar en el Botánico para encontrar una salida laboral que le permita, al mismo tiempo, atender a su responsabilidad como hijo y seguir con su vida. Si consiguiera ese acuerdo podría incluso comprar anticipadamente los billetes de medio año y persuadir así a su hermana. Vale la pena intentarlo, pero todo empieza por encontrar dinero entre los papeles de la fábrica.

En la oficina se sitúa frente a la estantería de los archivadores y, uno por uno, los va sacando para revisar su contenido. Los documentos que encuentra son irrelevantes. Albaranes de compra de herramientas, viejas facturas, tiques, catálogos de materiales. Repasa los importes de los cobros y solo en contadas ocasiones se superan las cuatro cifras. Chalet en Majadahonda. Reforma de piso en Toledo. Promoción en Olías del Rey. Se pregunta dónde están las grandes obras, los chalets de Maqueda. Le urge encontrar un significado para eso que llaman *fábrica*. Se sienta en la silla raída para revisar los cajones y entonces repara en dos objetos que descansan sobre el tablero de cristal de la mesa. El viejo reloj Leónidas del padre y las llaves del Renault 4. Los objetos son pequeños proyectores. Una luz que se enciende cuando se apaga la vida de quien los poseyó. Es un reloj de cuerda, humilde. Le faltan calidad y prestaciones como para aparecer en una revista de estilo para hombres. Le faltan materiales preciosos para ser codiciado por un joyero. Le falta una estirpe de poseedores influyentes para que un anticuario lo desee. Es el reloj de un obrero. Su padre siempre lo llevaba puesto. Era inseparable de su figura.

Las llaves del coche son, como indica el plural, varias. Una para la puerta del conductor, otra para el contacto, una tercera para el portón trasero y una última, más pequeña, para el tapón de la gasolina. Los agarres no están encapsulados en plástico, no tienen botones de apertura a distancia, ni dientes con formas tridimensionales para poner a prueba el ingenio de los ladrones. El pequeño mazo no sugiere seguridad ni protección, lo mismo que el coche al que pertenecen.

A través de la ventana sucia que da a la nave, Juan mira las pilas de tablones y cavila. Sin dinero en las cuentas, con una pensión que se prevé magra, sin un triste pagaré pendiente de cobro entre los albaranes del viejo, sin Isabel. Podría llamarla antes de que tomara su vuelo a Estados Unidos. Contarle la situación y negociar con ella una salida. A pesar de todo lo dicho y de lo no dicho, siente, a medida que ve como su futuro en Cruces se alarga, que también él tiene derecho a su vida. Y así se lo va a exponer a su hermana si se decide finalmente a llamarla. Claro, Juan, llevas unos cuantos días en el pueblo y ya tienes todo el derecho a retomar tu vida, le va a contestar Isabel. Y yo el mío a comenzar una que hemos estado postergando durante años. Ojo, que lo mío es, además, en plural. No somos tú y yo. Somos nosotros y tú. A la que se le acaban los derechos es a mamá, que va a ir perdiendo la movilidad y la memoria, le dirá. No te he pedido que te quedes a su lado el resto de su vida. Ni ella ni yo contamos contigo para que hagas lo que tienes que hacer: acompañarla mientras hace mutis por el foro, ayudarla a salir de esta vida con dignidad y, sobre todo, con amor. No te hablo del cariño que esa mujer de la República Dominicana o de Ecuador le va a terminar cogiendo a base de pasar horas con ella. Esa mujer que sé que tienes en la cabeza, por mucho que quiera, no le va a dar lo que tú y yo le podemos dar. Esa mujer le hablará a mamá con dulzura, le preparará asopao de mariscos o locro de papa y le cambiará los pañales con diligencia mientras piensa que a sus hijos, a los que ha tenido que dejar en Santo Domingo o en Guayaquil, se los cambia, a su vez, su propia madre. Esa mujer le va a dar a mamá lo que necesita pero no lo que merece. Porque lo que merece es algo que solo tú y yo podemos darle. Nadie más. Eres tú el que le va a traer a la memoria el día en el que te pillaste el prepucio con la cremallera del pantalón vaquero. Aquellas cremalleras metálicas que estaban pensadas para cerrar el mono de trabajo de un minero de Montana pero que también se cosían en los pantalones de los niños. Y le vas a recordar cómo papá y ella te tendieron sobre la misma mesa sobre la que tú le das la papilla

—aquí mismo, mamá, dirás apartando el cuenco— y cómo, con precisión de cirujanos, fueron recortando la tela que rodeaba los dientes metálicos para liberarte. ¿Cuántas veces contó papá aquella historia? ¿Tú crees que esa señora, trasplantada aquí, con el corazón latiéndole en el pecho por sus hijos ausentes, va a conectar a mamá con su propia vida? Eso lo tienes que hacer tú. Eso es lo que me tienes que ayudar a hacer mientras estoy fuera. Tienes que acompañar a mamá de regreso a su lugar de origen. Que sienta que ha vivido, que este valle de lágrimas al que ha sido arrojada ha tenido algún sentido. Y tú, Juan, me dirás que mamá no está tan mal. Que maneja los tiestos con soltura, que lo que te he contado no era para tanto. Que soy una histérica. Quizá lo sea, no te digo yo que no. Quizá esté exagerando o anticipando demasiado pronto lo que va a suceder. Puede ser. Pero lo que no me negarás, hermano, es que mamá está ya en la cuesta abajo. El alzhéimer va a ser como un gato hidráulico que va a ir levantando la pendiente a su espalda a medida que camina, haciendo que su vida se vaya transformando en un tobogán. Ella, tú y yo sabemos que al final del tobogán no está la arena del parque sino la de los albañiles del cementerio. El tiempo está contado para todos y más para mamá. Te recomiendo que mires en las estanterías del salón. Verás que en la colección Austral que algún viajante le vendió a papá, al lado de la enciclopedia Larousse, hay un libro de Séneca. Fíjate en el diálogo que le dirige a Paulino, el que trata sobre la brevedad de la vida. Léelo y entenderás a lo que me refiero. Así que, resumiendo, no te pido que dediques tu vida entera a mamá. Únicamente que asumas la responsabilidad tú solo mientras yo estoy fuera. A mi vuelta, ya veremos.

Eso es lo que va a pasar si Juan llama finalmente a su hermana por teléfono. Y también, sospecha, le va a poner contra las cuerdas una vez más. Va a sacar a relucir cosas que Juan ni imagina. Ya no que se haya ocupado de dejar la nevera llena o que haya estado ayudando a sus padres todos los meses con una aportación económica. Ese no es su estilo. Si Juan marca su número y le plantea cualquier situación en la que él reclame cualquier cosa, ella va a abrir sus fauces y le va a devorar. Le va a preguntar, por ejemplo, dónde estaba él el día que le diagnosticaron a su padre el cáncer. Y Juan contestará con vaguedad que en el remoto norte sin especificar que estaba en las Tierras Altas pasándoselo en grande con una amiga. Isabel le había tenido informado de todo y Juan había prometido que, cuando llegara el momento, *bajaría*. Pero el momento se precipitó una tarde, en la fábrica, a una hora en la que Juan daba pequeños besitos, como los mordiscos de un pececillo tropical, en el canal que formaban los omoplatos en la espalda de la chica. Tumbada ella boca abajo en una cama muy alta y muy mullida en un hotelito rural de Dunvegan, en el extremo noroeste de la isla de Skye, a cinco horas y media en coche del aeropuerto de Edimburgo y a otras tantas del de Glasgow. No se enteró de lo que sucedía hasta la mañana siguiente cuando, al levantarse, encendió su teléfono. A la chica, cubierta todavía por el edredón de plumas, le despertaron las siete u ocho alertas que sonaron consecutivamente. Campanitas que, en un primer momento, ella interpretó como una forma juguetona de empezar el día. Isabel había estado tratando de conectar con Juan desde la tarde noche anterior y los avisos de esas llamadas se habían ido embalsando en algún servidor, allá en la nube, y en aquel momento, como si la nube fuera una cisternilla, caían todos sobre él.

Isabel tirará de memoria y de retórica y hará un detallado relato de aquellas horas cruciales en las que su hermano recorría la espalda de su amante. Germán me llamó desde una cabina del Centro de Salud de Torrijos para contarme que papá había tenido un dolor muy fuerte en el pecho, en la fábrica, y que en ese momento iba en una ambulancia camino de Toledo. Que él se volvía a Cruces a por mamá para llevarla al hospital. ¿Qué hice yo? Sí, ya lo sé, dirá Juan. Dejaste todo lo que tenías entre manos y alquilaste un avión privado para llegar cuanto antes. No, pero casi, hermanito. Era un martes a las cinco y media cuando recibí la llamada de Germán. Estaba en una reunión con un grupo de trabajo que había venido desde Virginia a Barcelona solo para vernos a Andreu y a mí. Llevábamos meses preparando el encuentro. Cuando vi el número desconocido, cogí la llamada. Tú, probablemente, haces lo contrario porque piensas que te van a vender algo. Yo también lo pienso, no creas, pero mi mente está alerta todo el tiempo, lo quiera yo o no. Puede ser una oferta de muchos canales de televisión por poco dinero, o bien el fiel empleado de tu padre. Vete tú a saber. Bueno, pues yo pedí disculpas a los americanos, salí un momento de la sala y resultó ser el fiel empleado. Cuando me contó lo sucedido colgué la llamada, entré en la sala de reuniones, le susurré a Andreu al oído y me excusé ante los americanos. Ni pasé por casa. Taxi al Prat y primer puente aéreo disponible a Madrid. A las once y media ya estaba en el hospital de Toledo. A ver, déjame contar. ¿Ummm? Unas seis horas desde el veintiocho de la calle Aribau hasta el Virgen de la Salud de Toledo. ¿Que cómo lo hice? Al aterrizar en Barajas cogí otro taxi. Debíamos de ir por Olías del Rey cuando me acordé de ti y de que nadie habría contactado contigo. Pero, claro, ¿quién te iba a avisar? Papá no estaba para llamadas y ya sabes que mamá no se apaña con el móvil. Y mira que le regalé uno fácil las Navidades anteriores, de esos con los botones grandes y pocas funciones. Por cierto, hablando de Navidades, perdona el inciso, me acuerdo de la de hace tres años. Cuando te llamé para pedirte que vinieras a Cruces, que ya por entonces se veía que papá iba para abajo. ¿Qué excusa pusiste aquella vez? A ver si me acuerdo. Ah, sí, que te habías comprometido con unos amigos de Londres que iban a visitarte a Edimburgo. ¿Los McCarthy eran? Me acuerdo de cómo pronunciaste aquel apellido. ¿O era que te había cogido el toro y que los vuelos estaban carísimos? No te preocupes que no te perdiste nada, ni ese año, ni ningún otro. Ya sabes cómo era esto. Papá, mamá, Andreu, los niños y yo. Tu silla vacía. Langostinos demasiado grandes para ser tan baratos, algo chiclosos, sopa de pescado, la butifarra dulce y el fuet que llevamos nosotros, de Olot, y también anchoas de La Escala. Cava Rondel o Freixenet del súper de Torrijos que papá llamaba todo el tiempo champán. Empezamos con los entremeses. Papá, su copita de Marie Brizard. Sale el rey en la tele. Mamá manda callar. Escuchamos al monarca, que hace el hombre lo que puede por tenernos a todos contentos: a los currantes y a los empresarios, paz social; a los que estamos en España y a los que pasaréis las fiestas lejos, pronta reunión; a los que están en familia y a los que tienen que trabajar para que todo siga funcionando, prudencia al volante; a las tropas desplegadas, paz en el mundo. A los cooperantes diseminados, justicia; a los vascos, a los madrileños y a los catalanes, concordia. Papá, ya lo conoces, aprovechaba cualquier resquicio para calentar a Andreu. Cuando el rey dice «convivencia», papá que si a ver si tomáis nota, que lleváis toda la vida con el raca raca. Si dice «las diferentes sensibilidades», otra lindeza. «El proyecto común que es España», toma. Por lo menos pronuncia *Generalitat* en lugar de Generalidad. Machacan tanto en la tele que papá ni se da cuenta de que le han colado ese gol. Y Andreu resopla sin que se le note y hace como que juega con los niños o se levanta a traer algo de la cocina y luego se desahoga conmigo por la noche entre susurros, metidos los dos en la que fue mi cama. Lo mismo que hago yo con él cada vez que vuelvo desde Cruces a nuestra casa: ponerle la cabeza del revés con los chantajes de mamá y los desprecios de papá. Así que, la mañana de Navidad, visita corta al belén viviente de Torrijos, vuelta a Cruces, nos comemos las sobras de la noche anterior y pitando para Barcelona. Papá a lo suyo, haciéndoles carantoñas a los niños; mamá, puro lamento. Besos en la cancela, rapiditos, con el coche en marcha y hasta la próxima. La más triste, *Laika*. Pero, bueno, a lo que iba. Te llamé desde el taxi por Olías del Rey o por Bargas, no me acuerdo. Era tarde. No lo cogiste. Me imagino que ya estarías metido en faena buscándole a la muchacha los puntos del placer. Pero yo seguí intentándolo durante toda la noche, sin éxito. El caso es que pasadas las once llego al hospital, pregunto por papá y me dicen que está en planta, habitación tal. El cristal del mostrador de admisiones hace de espejo. Me miro. El traje de chaqueta oscuro de las reuniones importantes, la blusa clara, los zapatos de tacón que guardo en un armario del despacho y que solo me pongo cuando tengo que proyectar una imagen de solvencia y seguridad en mí misma. Llevo once horas con ellos puestos, tengo el pelo desaliñado, siento que no quepo en los pantalones. En el fugaz reflejo que el cristal me devuelve veo una mujer que no es solvente ni, mucho menos, segura. Vivir en Barcelona, lejos de nuestros padres, me nutre y me angustia. Tú no lo sientes así y te envidio. Yo no puedo vivir sabiendo que sufren o que corren peligro. No puedo, Juan. Me gustaría, pero no puedo. ¿Crees que hubiera sido capaz de terminar la reunión sabiendo que papá estaba en una ambulancia camino del hospital? ¿Habrías seguido dándole besitos a tu amiga si lo hubieras sabido? Subo a la habitación. Vacía. Pregunto a las enfermeras. Se lo han llevado para hacerle pruebas. Pabellón tal, sala de espera tal. Allí me encuentro con mamá. Está sola, bajo los fluorescentes. No sabes cómo fue verla así, Juan. Mamá sentada a media noche en una silla de plástico. Sola porque Germán se había tenido que volver a la fábrica para que no se echara a perder lo que había dejado a medias cuando a papá le dio el dolor. Parecía una niña perdida, recogiendo con las manos en su regazo un pañuelo arrugado. Seguro que te suena ese gesto, tan típico suyo. Me ve entrar y no me reconoce. Tengo que decirle que soy Isabel, su hija. Menudo día, hermanito. Lo que hubiera dado yo por poder quitarme de en medio, como tú. No te digo ya estar por ahí arriba, en lugares tan hermosos, con Andreu. Simplemente en mi casa o incluso reunida con los americanos. Cualquier cosa, menos tener que ver a mamá así. Me senté a su lado, cogí su mano entre las mías y suspiré aliviada. No sabía lo que nos aguardaba, pero ya estaba allí, en mi puesto. Donde debía. El caso es que, cuando ya llevábamos un par de horas juntas, entra un médico y nos pregunta si somos los familiares de Juan Álvarez. Mamá da un respingo en la silla. Es un hombre apuesto, ojos azules, alto, con una bata blanca que no parece suya. Quizá llegan por la mañana a trabajar y cogen la primera que ven de su talla en una especie de ropero comunal. Lleva una de esas identificaciones de plástico colgando del cuello, como las que dan en los congresos. Su foto y su nombre. Soy el doctor Sánchez, neumólogo. Nos cuenta que la pleura de papá presenta un engrosamiento inusual y que, dada su condición de afectado por el asbesto que aparece en su historial, hay altas probabilidades de que se trate de un mesotelioma pleural. Yo sé lo que significa mesotelioma, pero mamá no. Le pregunto al médico si ese es un diagnóstico definitivo y dice que no. Que para asegurarlo al cien por cien, a la mañana siguiente le practicarán una biopsia guiada por TAC. Le ahorro a mamá la palabra cáncer hasta que el diagnóstico no sea definitivo. Os ahorro a ella y a ti lo que sé del asunto. Desde que empecé la carrera debo de haber leído todo lo que se ha publicado sobre la materia. Cada vez que me he encontrado con un colega que tuviera cualquier relación con oncología, le he asediado a preguntas. Quería ser la primera en enterarme de si asomaba por los pliegues de la ciencia algún tratamiento para el cáncer de papá. Quería ganar tiempo, pero no lo conseguí. En un aparte le hago notar al doctor Sánchez que papá llevaba veintitantos años lejos del amianto. Y entonces me dice que no es infrecuente que el mesotelioma dé la cara tanto tiempo después. Hago un inciso, Juan, para señalar esa expresión tan nuestra: dar la cara. Qué pena que la asociemos siempre a enfermedades traicioneras. Ese lupus, ese alzhéimer, ese cáncer. Están ahí, debajo de la piel de los que queremos, de nuestra propia piel. Y ahí se quedan, arropaditos sin que los veamos. Hasta que no pueden más y un día nos revientan por dentro. Ahí están, dando la cara. No como tú. Fin del inciso.

Juan se levanta de la vieja silla de su padre y sale a la nave. Le estremece la altura de las pilas de madera. Germán no le ha dicho cuántos metros cúbicos son, pero dan para fabricar muchas puertas, marcos y premarcos. Juan hizo infinidad de esos premarcos durante los años que estuvo allí. Pero su trabajo no consistía en calcular sino en dividir los tablones en listones, cortarlos a tamaño y ensamblarlos, así que no es capaz de transformar esos metros cúbicos de pino en número de piezas. Era su padre el que tenía ojo para esas cosas. Un hombre que apenas fue a la escuela pero con unas dotes para el cálculo como Juan no ha visto en nadie. Conducían por los caminos, el hombre miraba por la ventanilla y decía que en tal tierra, siendo como había sido el invierno de lluvias y cómo estaba el cereal, fulanito iba a sacar no sé cuántas fanegas de cebada. Porque el viejo seguía calculando el grano en fanegas, el vino en arrobas, el dinero en duros y los desafíos en pares de cojones. Esa forma de medir el mundo le daba un aire antiguo. Más cercano a las leguas y los maravedíes que a los euros con los que nunca llegó a familiarizarse del todo. Mientras camina por la nave, Juan se pregunta por el precio de cada cosa que ve. Cuánto le pagarían por una carretilla elevadora Toyota, cuánto por una prensa de aglomerados marca Indiana. Quién querría una máquina de cepillar con veinte años de antigüedad. Entra en la nave auxiliar. Sobre las mesas de trabajo hay varias puertas a medio montar. La lijadora, en la esquina, lleva allí desde el principio de los tiempos. Es tan antigua que puede que proceda de las máquinas que incluía el traspaso del negocio. Más le valdría vendérsela a un anticuario que a un taller de la competencia. Quizá podría servir para decorar uno de esos bares con quincalla rústica en los que cada silla es de su padre y de su madre y las lámparas tienen aspecto industrial. Visto así, en la fábrica hay material para llenar unas cuantas de esas cafeterías.

La tarde ya ha perdido algo de su fuerza cuando Juan sale al exterior. Más allá de la torre del transformador, los almendros están quietos y callados. Los almendros del viejo. Se acerca al coche y lo observa con más atención que el primer día. Lo ve como una pieza de anticuario (dinero) o como una reliquia familiar (memoria) pero no es capaz de imaginárselo como medio de transporte, algo que le facilitaría mucho la vida. En tres semanas, sin ir más lejos, tiene que ir a Toledo con su madre y recorrer la ciudad, desde la parte nueva hasta la vieja, yendo de un sitio para otro en autobús. Reza para que todo fluya, que no haya esperas excesivas y que puedan superar los dos trámites. De lo contrario, tendrán que regresar otra vez a la capital. Volver a dedicar el día entero a un viaje tan corto. Abre el coche y se sienta frente al volante. Observa el espacio interior y le resulta minúsculo. La familiaridad de los asientos tapizados, el volante sin acolchar, las ventanas correderas, la endeblez de todo. Junto al velocímetro hay un pequeño orificio de forma rectangular practicado en el plástico del salpicadero. En él solía clavar su padre un pequeño crucifijo que tenía un borde metálico y el alma de madera. Su padre era un hombre de una fe privada, no expansiva ni proselitista. No le dijo nada el primer día que su hijo decidió que no volvería a ir a misa. Juan nunca le preguntó por aquel crucifijo que estaba tan integrado en el coche como los elementos propios de conducción. Provenía de una época en la que todo se fiaba al amparo de Dios: los viajes, los negocios, las cosechas, la suerte de los vástagos. Vete con Dios era una fórmula de despedida que su padre usaba con cierta frecuencia. No la empleó con él cuando se marchó a Escocia. También eso lamenta Juan. Resopla y una iluminación desciende sobre él. Mete la llave en el contacto y la gira. Se oye el piar de unos polluelos de golondrina anidados en el alero de la torre de la luz, justo encima del coche. Saca la llave del contacto y resopla. Maldice su suerte y menea la cabeza adelante y atrás. En uno de esos movimientos, con los ojos cerrados, se golpea la frente contra el volante y entonces a los gritos de desesperación se unen los de dolor.

23

El dolor de muelas del que su madre se quejó por primera vez al día siguiente del entierro ha terminado necesitando de un implante. Llegan a Torrijos en el autobús de la tarde y caminan hasta la pequeña clínica. En la sala de espera hay un solo paciente, entretenido en completar un crucigrama. Se saludan y se sientan. En una cita previa, el dentista les informó de que la intervención completa, entre preparación, anestesia, cirugía y posoperatorio podría durar varias horas. La idea de Juan es dejar a su madre allí y reunirse con Fermín, con quien había quedado para tomar algo. Necesita contarle lo que le está pasando, desahogarse.

A pesar de que tenían cita a las cinco en punto, llevan cuarenta minutos aguardando a que el cirujano venga a buscarla. La madre ojea una revista; Juan, de pie, se mueve por la pequeña sala de espera. Mucho tardan, dice la madre buscando la mirada de su hijo. El otro paciente también dirige la vista hacia él. La culpa es vuestra, está pensando Juan, que nunca os habéis tomado en serio la higiene dental. El primer cepillo que entró en la casa fue porque a Isabel se lo dieron en el colegio, junto con un pequeño tubo promocional de dentífrico. Cuando la madre se cansa de esperar la respuesta a su comentario, vuelve a la revista. El hombre aguanta un poco más mirando a Juan, que sigue rumiando sus pensamientos. Si hubierais tenido más cuidado ahora no estaríamos aquí. El plural pronto muta en singular y se desplaza hacia el padre. Te jubilaron por respirar amianto y te metiste tú solo en una nube de serrín. Podrías haberte quedado con tu pensión por discapacidad y haberte pasado el resto de tu vida cuidando de la huerta y los almendros. Pero no, tenías que hacerte con un negocio del que no sabías nada para seguir respirando polvo hasta morir. El trabajo ha sido para vosotros la medida del tiempo y el sentido de la vida. Alguien que se ha hecho rico desde un despacho, *moviendo* dinero, pero sin sudar ni una gota, es alguien indecente.

Juan mira de nuevo el reloj. No le enciende tanto el hecho de llegar tarde a su cita —Fermín estará tranquilamente tomándose algo— como que el dentista le esté *robando* su tiempo. Si no estaba seguro de poder terminar con el paciente anterior a una hora razonable, pues que les hubiera dado cita más tarde. Se siente utilizado por un dentista que dispone de los demás en su propio beneficio. Cuando termina con un paciente puede empezar con el siguiente, sin pausa, y hacer que sus tardes sean lo más lucrativas posibles. El hombre del crucigrama, su madre y él, allí esperando para que el médico pueda tener una casa en el pueblo y otra en Benidorm. Está dispuesto a ponerle en su sitio. No hay derecho. Tiene los dedos estirados y los hombros tensos. La madre suspira sonoramente. Es su forma de quejarse. Con lo que les va a cobrar por el puñetero implante puede su madre vivir tres meses. Una puerta se abre en algún lugar. Se escucha la voz del dentista. Juan se asoma al pasillo, le va a oír. El hombre viene acompañando a una madre con un niño de cinco o seis años. El niño tiene lágrimas en los ojos y el médico se las enjuga con un pañuelo de papel mientras le habla cariñosamente. Le pone al niño en el pecho una pegatina con una sonrisa.

Son las seis y diez cuando llega a su cita. Finales de agosto. Fermín está sentado en la terraza de un bar de una calle peatonal que es, en realidad, la cubierta de un aparcamiento subterráneo. Son los únicos clientes. Han pasado cuatro semanas desde la muerte del padre. Juan, con el cuello de la camisa empapado de sudor, llega quejándose del dentista y de la temperatura. No se excusa por el retraso ante su amigo. Dice cosas como «ola de calor», «bochorno» e «hijo de la gran puta». ¿Qué temperatura hará, treinta y ocho grados?, ¿cuarenta? Fermín le escucha, recostado sobre la silla de aluminio, sorbiendo su refresco con una pajita. Le brilla la frente bajo el tupé, pero no se queja. Juan vomita su indignación intercalando comentarios sobre el tiempo. Fermín le observa desde su calma. Juan levanta la mano y pide una jarra de cerveza helada para él y lo que esté tomando su amigo. Un día como hoy allí son veintidós grados. Veintitrés como mucho, dice. En días así aprovecha para dar paseos por el Water of Leith, el río que atraviesa el corazón de la ciudad. Usa esas palabras: atraviesa y corazón. Que si el fiordo templa la temperatura. Que si la latitud, la trayectoria del sol, el crepúsculo náutico. Llegan las bebidas y Juan vacía media jarra de un trago. Porque esa es otra, continúa mientras se limpia la espuma del bigote. A estas alturas del año la noche dura cuatro horas. Fermín suda y calla. Otro trago. Juan se lamenta ahora de que, en ese momento, él debería estar revolviendo compost en los parterres del Botánico o en su piso con vistas al Forth (dice *fourrzz*, pronunciando exageradamente en inglés). En ese *debería* hay implícita una desconsideración hacia su amigo en la que Juan no repara. Le habla a Fermín de sus memorias igual que un explorador venido del confín del imperio. Y cada cosa que dice tiene en Cruces, en Torrijos y en España, su trasunto caluroso, o polvoriento, o tercermundista, o chabacano, o bullanguero. Parece que aquello funciona *perfectamente*, dice Fermín, pero Juan no atiende a la entonación sino a la literalidad de la palabra y la recoge como si su amigo le estuviera alentando en lugar de lo contrario. Ya lo creo que sí, dice. Allí yo me he puesto malo a las nueve de la mañana y a las nueve y veintidós estaba delante del doctor Fisher en el centro de salud de Stockbridge. Lo *mismito* que el dentista de mi madre, añade. Pronuncia Fisher y Stockbridge con el mismo acento que Forth. Fermín no es quién para corregírselo porque, más allá de cuando trabajó como comercial para la fábrica de molduras de su padre, nunca ha usado el inglés para nada. Fermín no sabría decir Stockbridge marcando de una manera tan cortante la k y la ch final: *Stockbrich*. Sin embargo, sabe lo suficiente como para darse cuenta de que el acento de su amigo está pasado de rosca. Fermín escucha haciendo sonar las burbujas atrapadas entre los hielos al fondo del vaso, pensando que Juan necesita perder un poco de fuelle, aterrizar de una vez. Dejarse de ir por ahí pronunciando como un fulano de Edimburgo y centrarse en lo que ha pasado y en lo que le queda. Juan sigue a lo suyo, esta vez contándole lo fácil que es allí abrir un negocio, lo poco que pagan los autónomos, las ayudas que reciben las mujeres embarazadas, las minorías, los discapacitados. *Igualito que aquí*, insiste en el diminutivo. El tupé de Fermín libera una gota de sudor que le baja por la frente. Mira mi madre, diagnosticada de alzhéimer. Allí, no te digo yo que fuera la reina del mambo, pero tendría una persona que vendría cada día a casa a cuidarla enviada por el NHS. ¿El qué? *Nashionall Helz Serviss*, la Seguridad Social de allí. O eso, o una residencia pública de calidad. Que tampoco pasa nada, dice pensando en Isabel. Por no hablar del dentista, claro. El implante nos va a salir por mil quinientos. Menos mal que nos dejan pagarlo a plazos. Allí, para una viuda como ella, sería gratis. Fermín asiente y le pide al camarero otra ronda. Juan sigue erre que erre con su monserga. Fermín le da un trago largo a su refresco, se levanta y le dice a su amigo que no le reconoce. Te quejas de que a estas horas estás aquí, pasando calor, en lugar de allí, removiendo estiércol. Tú eres gilipollas.

24

Por la noche, después de que su madre se acueste, decide sentarse en el porche. La conversación con Fermín le sigue escociendo. Suenan los grillos en la plaza. Corre algo de aire. El sillón de mimbre rechina bajo el peso de su cuerpo. Las fibras que lo componen seguirán ahí cuando su madre ya no esté. Cuando ninguno de ellos esté. Piensa en la brevedad de la vida pero también en su irreductibilidad. No es tan sencillo morir. No es tan fácil matar a un hombre, ha escuchado alguna vez decir. En las películas, la resistencia del cuerpo se ha trivializado a base de disparos y estocadas. La realidad es que las células se agarran al oxígeno tanto como pueden con tal de perdurar un poco más.

Se levanta del sillón y el mimbre gruñe por última vez. Entra en el salón y repasa los lomos de los libros. Enciclopedia Larousse, premios Ateneo de Sevilla, colección Austral. La leyenda del vendedor de libros se encarna en esas pocas baldas. Se pregunta cómo convenció a su padre de que necesitaban todo aquello. Puede entender la enciclopedia. Tanto Isabel como él la usaron mucho durante la etapa escolar. Pero la fila de novelas premiadas, todas encuadernadas en falso estilo antiguo, intactas, ¿para quién? Pasa los dedos por los lomos de la colección Austral. Séneca, *Cartas*. La titulada «Sobre la brevedad de la vida» tiene la esquina doblada. Un poco más allá del volumen, una carpetilla de cartón asoma por entre los lomos. La coge, la abre, papeles. Segunda fase de promoción de chalets en Maqueda. Doce viviendas. 87.325,19 euros.

25

El autobús de línea los deja en una gasolinera que hay a la entrada de Toledo. Es la madre la que indica a Juan cómo llegar hasta la consulta del cardiólogo, a cinco minutos caminando desde allí. Son las nueve de la mañana y el termómetro que hay frente a la gasolinera marca ya veinticuatro grados. Caminan por la acera, buscando las sombras de los ailantos y las falsas acacias. Juan lleva en una mano la carpetilla con los papeles. Ese es todo el equipaje para el día. Médico, Seguridad Social y vuelta a Cruces en el autobús de las dos y cuarto.

El Centro de Especialidades está en un edificio de ladrillo, junto al Tajo. Entran por una puerta que dice CONSULTAS. Tras una ventanilla, un conserje vestido con mono azul y un mazo de llaves colgándole del cinturón. Está tan distraído con su teléfono que ni los mira. Imperceptiblemente, incluso para Juan, el tono cansino de la madre muta en uno más dinámico. Si fuera un perro de caza, se diría que sus orejas se han puesto puntiagudas y se ha electrizado su cola. El interior está oscuro. La madre busca algo en el bolso, un pañuelo de papel. Juan aprovecha ese pequeño paréntesis para girarse en dirección a la ventanilla del conserje, pero no le da tiempo a preguntar nada porque su madre se ha puesto en marcha. Por primera vez, es ella la que toma el control de la situación y guía a su hijo por los pasillos tenuemente iluminados. A Juan todo le resulta indistinguible: el mismo friso de madera en la parte baja de las paredes, los mismos remates protectores en las esquinas, los mismos cuadros con motivos toledanos, las mismas plantas artificiales. La madre, sin embargo, parece saber perfectamente a dónde va. Está en un terreno propio del que Juan lo ignora todo. Van pasando por delante de las puertas de diferentes consultas. Los rótulos que anuncian qué facultativo está detrás de cada una de ellas están hechos con letras encajadas en carriles de aluminio. Cuando un oncólogo se jubile, se muera o se forre con un marcador tumoral mejorado, alguien desatornillará los raíles y recombinará las letras para que pase a poner odontólogo o estomatólogo. La madre sigue su camino hasta que se detiene frente a una puerta cuyo rótulo dice: CONSULTA CATORCE. DOCTOR GARCÍA COLCHERO, CARDIÓLOGO. La mujer la abre sin llamar y pasan directamente a una sala de espera donde hay dos personas: una ojeando una revista del corazón y la otra tecleando en su móvil. Buenos días, dice la madre, y se sientan. Huele a ambientador, no hay ventanas, las sillas son azules; las revistas, pensadas para entretener a todo tipo de enfermos del corazón sin causarles sobresaltos: posados en las playas de Ibiza; el mejor *offroad* del mercado si tienes familia; cómo hacer licuados que mezclan verduras y frutos secos; placas solares, ¿merece la pena?; «Moderna de pueblo: de antigua lechería a refugio romántico». Nada de actualidad política, que en España, como buen país mediterráneo, hace que suban las pulsaciones. Juan nota el silencio de su madre a su lado. Si él fuera Isabel, sabría que ese silencio en la sala de espera se corresponde con una mezcla de temor al diagnóstico y reverencia por la profesión médica. La mujer acude a la consulta como acuden los fieles a un culto. El médico es un sacerdote, el intérprete de un arcano, el traductor de lo abstruso. Ella siempre ha sido puntillosa con las instrucciones, y, sobre todo, con los tratamientos. Si el doctor Colchero dice que tiene que caminar media hora por las tardes, a caminar. Si es una hora, una hora. Si al cóctel de pastillas que ya se toma cada día hay que sumarle un cuarto más de Tromalyt para la circulación, la mujer se lo trabaja con la punta de un cuchillo de cocina para dividir en cuatro mitades una píldora ya de por sí pequeña. Si Juan fuera Isabel, sabría también que a aquella consulta va su madre a recibir una unción. Que cuando ese hombre revisa sus análisis, levanta la cabeza de los folios y le dice que está todo perfecto, ella respira. Pero cuando, además, le dice que es extraordinario que una mujer de su edad tenga tanta disciplina, ella se hincha. Y lo hace con todo el derecho, porque a esa mujer, salvo su cardiólogo y Guadalupe, su enfermera, nadie le dice lo bien que hace las cosas. No recuerda la última vez, si es que hubo alguna, que su marido o cualquiera de sus hijos comentó lo bueno que estaba el arroz con perdiz. Madre, qué cremosidad, qué maravilla. La carne se deshace en la boca, y ese flan de huevo, ¡gloria bendita! Y qué abnegación la tuya, mi amor, le tendría que haber dicho su marido alguna vez en la vida. Y qué lealtad y qué dureza, que nunca te has quejado. Ni cuando pariste con dolor ni cuando tuviste que dejar tu pueblo y te metiste en aquel cuchitril de Getafe, donde sacaste adelante a los hijos, a mi padre y a mí. Y de todos tirabas, como una mula, sin quejarte y sin que te viéramos llorar. Orgullo es lo que siento, mujer. Y gratitud. Pero nada de eso ha sido escuchado por ella en su vida. Así que cuando el médico le da la enhorabuena por su hematocrito o sus niveles de ferritina, la madre se agarra a lo molecular porque ese es un territorio propio en el que ella es la única soberana, donde no intervienen ni el bienintencionado proteccionismo de Isabel, ni el autoritarismo del que fue su marido. Tampoco allí toma partido

Juan, que desde su cómoda barrera de hijo pequeño no se ha sentido interpelado ni por el bienestar emocional de su madre ni, mucho menos, por el molecular. Isabel sí. Él no. Ella ha salido abruptamente de la escena atravesando un muro, como lo hacen los personajes de los dibujos animados, y en la pared ha quedado un hueco con la forma de su silueta, pelo incluido, caderas incluidas, dedos crispados. Y ahora Juan, a marchas forzadas, tiene que entrar por ese hueco y encajar lo mejor que pueda en esa silueta, lo que significa vivir las visitas al médico con su madre no como un fastidio o una obligación ineludible, sino como una responsabilidad filial en la que el cariño tiene que estar presente. La silueta en el muro lo dice claramente: te vas a ocupar de mamá y lo vas a hacer con ganas. Pero no solo eso. No bastará con que atiendas a las obligaciones y urgencias del momento. Tendrás que anticiparte a las necesidades por llegar. Que nunca falten en casa las medicinas que el médico prescriba. Que siempre haya leche de la suya en el frigorífico. Que al trabajar con las plantas no se corte y, si lo hace, que haya sutura y coagulantes. A ser posible, hazte con un coche. No la cargues con esperas en paradas de autobús, a la intemperie, ni con caminatas por las cuestas de Toledo. Que el *cómo* llegar a un sitio no sea una china más en su zapato. Tú te ocupas de tener el coche listo, el que sea, para que en caso de emergencia o de compra semanal, no haya que complicar más las cosas.

Ocúpate de que los teléfonos de los médicos estén claros y a la vista, de que su ropa sea apropiada, de que no le falten semillas nuevas para que pueda sacarlas adelante con sus manos y maravillarse con las flores que de ellas broten. Que tu decisión de quedarte o marcharte, no descarto nada tratándose de ti, sea conocida por mamá con antelación suficiente.

Se pregunta Juan si sabría su madre que Isabel se iría nada más enterrar al padre. Conociendo a su hermana, seguro que la habría preparado de alguna manera. La habría ido envolviendo con un discurso bien estudiado en el que las promesas de estabilidad y seguridad serían centrales. Madre, cuando volvamos de América, BioKapsid valdrá una fortuna. ¿Bioqué? Nuestra empresa, mamá. Ah, sí, la empresa con Andreu. Sí, esa. Hemos trabajado mucho y nuestra patente es muy prometedora. No sé de qué me hablas, hija. Te hablo de que tenemos que irnos a vivir a Estados Unidos un año para completar la transferencia de la empresa a los americanos. ¿Y cómo lo vais a hacer? Pues tenemos que formarlos y diseñar juntos nuevos procedimientos y decidir fórmulas de escalado y... Vale, vale. Si todo sale bien, volveremos a España con media vida resuelta. Más bien con la vida entera resuelta. No tendrás que preocuparte de nada en el futuro. Gracias a Dios, hija. Con la vida resuelta. Como si fueras funcionaria. Sí, madre, como si fuera funcionaria. Siempre he querido que os coloquéis de funcionarios, ¿te lo he dicho alguna vez? Sí, alguna vez. Eso es lo mejor que hay. Ni tu hermano ni tú os habéis dado cuenta de lo que es ser funcionario. Catorce pagas todos los años. Con vuestras dos extraordinarias incluidas. Y no por ahí trabajando de cualquier cosa. El hijo de Angustias está colocado en la Diputación. Madre, ya te estoy diciendo que a nosotros nos va muy bien con nuestra empresa y que ganamos mucho más dinero que cualquier funcionario. Sí, ya, lo que quieras, pero un funcionario está en su casa a las cuatro de la tarde, todos los días. Y tú te tienes que ir a América. A América te vas, ¿no? Sí, a Virginia. A donde sea, hija, pero muy lejos de tu casa y de tu familia. Mi familia va conmigo y el acuerdo incluye que nos facilitarán una casa allí. Me refería a esta familia y a esta casa. Me refería a mí, hija, que me vas a dejar sola.

Guadalupe aparece por la puerta de la sala y pronuncia el nombre de uno de los pacientes que esperan. El hombre que leía deja la revista en la mesa y se levanta para seguir a la enfermera cuando esta repara en la madre de Juan. Le pide al paciente que vaya entrando en la consulta y se acerca a la mujer. No mira a Juan en ningún momento. La toma de las manos, la madre se levanta y Guadalupe la recoge en un abrazo. Juan se pone de pie y las observa. Esa mujer debe de querer mucho a su madre, piensa. Por su parte, no se puede decir que la madre haya correspondido plenamente a ese abrazo con uno del tipo fundente.

De repente Juan cae en la cuenta de que quizá ese abrazo de Guadalupe no se deba a la relación que pueda tener con su madre, más o menos especial, sino a su propia naturaleza. Que la ayudante del cardiólogo sea una de esas personas a las que llaman *cálidas*. Alguien, además, tan entrenada en la práctica del afecto, tan evolucionada espiritualmente que ha soltado el lastre del pudor y no le importa abrazar así en público a quien sea. De ser esa la naturaleza de la mujer, el próximo abrazado podría ser él. Le aterra la idea de que cuando esa desconocida termine con su madre, se le eche encima y le envuelva con su amor universal. Retrocede con pasitos minúsculos, lo poco que permite la reducida sala de espera, hasta que sus corvas tocan con el borde de una de las sillas azules. Si por él fuera, seguiría retrocediendo hasta sentarse, cogería la revista de decoración, la levantaría hasta la altura de los ojos, como un espía, y se dejaría atrapar por el artículo titulado «Moderna de pueblo». Una mesa hecha con una artesa invertida a la que le han puesto un cristal grueso encima sobre el que hay unos cuantos libros de arquitectura y algún monográfico sobre Mapplethorpe. Un lavabo de latón incrustado en un bloque de granito procedente de una piedra de moler. Ramilletes de hierbas provenzales, espigas secas, coloridas flores por aquí y por allá. La vieja máquina de ordeñar transformada en un perchero. Ahí podría terminar la vieja lijadora, junto a un piano en una segunda residencia.

Piensa que la mujer que abraza a su madre lo hace porque ella no tiene que pasar por encima de las murallas que la familia impone, ya que es un cuerpo proveniente del exterior y, por tanto, no sujeto a las limitaciones de lo doméstico. Nunca, en la vida, ha visto a su madre ser tratada de semejante manera. La estampa de las dos mujeres recuerda al regreso del hijo pródigo de Rembrandt. Hay algo bíblico en ellas. Un amor fraternal que a Juan le produce cierto sonrojo. Siente que esa mujer usurpa un lugar que debería ocupar él. Que la nube en la que ambas flotan debería ser la suya. Él debería ser tratado así por su madre. No piensa que también él debería tratar así a su madre. Él, que ha volado del nido y ha vuelto. Él, que ha visto mundo y ha conocido otras formas de amor. Es él, joven, quien debería saltar por encima de las murallas o acaso derribarlas y correr hacia su madre para encontrarse con ella.

Guadalupe deshace el abrazo tan suavemente como lo inició. Ahora las dos están frente a frente, cogidas de las manos, mirándose a los ojos. Siento mucho lo de tu marido, le dice. De verdad que lo siento. Y luego, dirigiéndose a Juan, este debe de ser tu hijo. La madre asiente. El que está en Inglaterra. Juan le tiende la mano sin corregirla y ella se la agarra por los dedos y la sostiene así durante unos segundos. Siento lo de tu padre, le dice, y le suelta la mano. Tanto el doctor como yo le teníamos mucho aprecio. Juan asiente en silencio, agradeciendo las palabras. No ha recibido el abrazo que temía y ahora lo extraña.

Mientras esperan el autobús al centro de la ciudad, la madre sentada en el asiento de la parada, él de pie, Juan sigue notando la inquietud que le ha producido el abrazo de las dos mujeres. Nunca había visto a su madre en los brazos de alguien extraño. De hecho, no recuerda haberla visto nunca en los brazos de nadie. Su madre, ha descubierto, tiene una vida en la que hay lugar para esa clase de afectos. ¿Qué ha hecho ella para merecer el cariño de Guadalupe y del doctor Colchero? ¿Dónde estaba él mientras ese abrazo se fraguaba?

26

Van sentados en el autobús urbano que asciende hacia el casco viejo, donde tienen su cita en la Seguridad Social. En las aceras los peatones van de sombra en sombra. Ni Juan ni su madre comentan nada de lo sucedido en la consulta. Ella es una mujer silenciosa y él prefiere no hablar. Se acoge a los términos de una relación en la que la cortesía es innecesaria. Él puede llegar a casa y no molestarse ni en saludar. Ella puede regañarle como a un niño. No hace falta darse las gracias ni pedir perdón. Se puede llegar tarde, se puede ignorar al otro aunque no haya nadie más en la habitación.

Juan rememora lo sucedido en la consulta del cardiólogo. El doctor ha dicho que las pruebas de la madre están perfectas y que no tienen que volver hasta pasados seis meses. Le ha recomendado, sin embargo, que pida cita con el neurólogo. Al parecer, el alzhéimer es una enfermedad que puede tener un avance lento o muy rápido. Se ha asomado a la puerta de la consulta y le ha hecho un gesto a Guadalupe, que rápidamente se ha encargado de darle conversación a la madre mientras se vestía detrás de un biombo en la sala contigua. Tienes que estar pendiente de sus movimientos, le ha dicho a Juan en voz baja. De si se tropieza o se cae. También de otras cosas. Es muy típico que en algún momento se vuelva apática. Pero eso es algo que te explicará en detalle el neurólogo cuando os vea. A Juan le ha producido cierta satisfacción que el médico de su madre haya dado por hecho, con total naturalidad, que será él quien se encargue de sus asuntos de salud. En el tiempo que han estado allí, todo ha discurrido de manera armónica: los padres envejecen y los hijos se hacen cargo de ellos. Por lo menos en España. Que el médico lo haya tratado desde esa perspectiva le ha tranquilizado porque ya no es el que va a la contra. Hace lo que se supone que tiene que hacer. Y no recibe por ello ni elogios ni lo contrario. Cuando se han despedido, el doctor le ha apretado la mano y le ha cogido el codo con la otra, subrayando la idea de vínculo especial. Yo soy un médico, me rijo por el juramento hipocrático, hago mi trabajo lo mejor que puedo sin distinguir pacientes. Me entrego a todos ellos y les doy lo mejor de mí. Esa es la vocación médica. Pero eso no quita para que uno, que no es de piedra, se encariñe con ciertos pacientes. Tus padres llevan viniendo a esta consulta desde hace veinte años, que son muchos. Y en ese apretón doble, mano y codo, está ese cariño que, Juan no sabe bien por qué, el médico y la enfermera sienten por ellos.

Pero así como el dictamen del cardiólogo es tranquilizador, el del funcionario de la Seguridad Social es desasosegante. A pesar de tener la cita previa concertada a las 11.35, no han sido atendidos hasta las doce. Los dos sentados, de nuevo, en sillas de plástico. La madre con las manos recogidas en el regazo y él, observando el ir y venir de contribuyentes y de funcionarios. Juan, pendiente en todo momento de las pantallas a ver cuándo sale su número. El retraso se acumula y él se agobia pensando en que, si no llegan a coger el autobús de las dos y cuarto, el siguiente no sale hasta las siete. Cinco horas con su madre por Toledo. Podrían ir a visitar un museo o la catedral, pero es agosto y, a mediodía, estará todo cerrado. La zona de espera está llena de gente como ellos. Muchos con el tique de turno en la mano. Llega un hombre mayor acompañado de su hija. Juan los ha seguido con la mirada desde que han pasado bajo el arco de seguridad. Delante la hija, que ya ha superado la prueba del arco detector, espera a que su padre se saque todos los objetos metálicos que lleva encima. Mientras se palpa los muchos bolsillos entre pantalón, camisa y chaqueta, una cola de contribuyentes se va formando tras él. La hija se impacienta. Desde donde está, Juan no escucha lo que dice, pero sus gestos y sus miradas alrededor indican vergüenza. Cuando, después de pasar tres veces por el arco, la luz se pone por fin verde, el hombre recoge sus pertenencias de la bandeja de plástico y sigue a su hija. Se sientan en su misma fila de sillas, a una distancia desde la que, ahora sí, se escucha lo que dicen. Mientras la hija le reprende, el hombre intenta sentarse correctamente pero la curvatura del respaldo de plástico le hace resbalar. Se retrepa torpemente hasta que desiste y su cuerpo termina adoptando la forma del asiento: piernas estiradas, nalgas en el borde del plástico, cuello avanzado, cabeza gacha. Tiene barba de un par de días, lleva por fuera uno de los faldones de la camisa; la chaqueta, destallada. Ella le reprende por llevar tantas llaves encima y monedas pequeñas y un abridor de botellines. Bufa mirando alternativamente a la papeleta del turno y a las pantallas. La hija le pregunta al padre si ha rellenado el formulario y, antes de que el hombre se aclare y entienda a qué formulario se refiere, ella ya se está quejando de lo desastre que es y de lo tarde que va a volver al trabajo porque ahora el funcionario va a tener que teclear de nuevo todos los datos y se les va a pasar el turno asignado y todo eso lo dice sin mirar al hombre que sigue medio escurrido en su asiento. Es una escena íntima en un espacio público. La chica parece haberse desentendido de los presentes y trata a su padre de un modo que incomoda a Juan. El pequeño monitor con los turnos absorbe por completo la atención de los presentes y solo él parece consciente de la tensión entre ellos. Juan imagina la situación previa. El hombre vive solo, lo dice su aspecto astroso. La escena de hoy viene de lejos. Su torpeza para sacarse las cosas de los bolsillos no justifica un tratamiento tan distante. A Juan le llama la atención, sobre todo, la postración de él.

El enfado de Juan va en aumento: la espera, el miedo a perder al autobús, la insolencia de la hija, la aparente falta de diligencia de alguno de los funcionarios que van de un lado para otro con folios en las manos a un ritmo que contrasta con la urgencia que él siente.

La madre saca dos plátanos del bolso, uno para cada uno. Juan le pregunta si tiene hambre. Dice que sí, que ya es tarde para ella. Isabel habría previsto este momento y habría abierto una bolsa de nueces peladas. A Juan le hierve la sangre cuando ve pasar los minutos pero no los turnos. Se levanta de la silla con su plátano en una mano y va a la mesa de información. Empieza hablando normal, con mala baba, con indignación contenida, pero a un volumen adecuado, aunque no tarda en elevar el tono mientras apunta con su plátano al funcionario. Llega el guardia de seguridad y le pregunta al funcionario, sin mirar a Juan, que si está todo bien con el caballero. La persona de información dice que sí, tratando de embridar al guerrero que el guardia jurado lleva dentro. Pero es Juan el que dice que no, que no está todo bien. Que llevan esperando cuarenta minutos, exagera, y que su madre se muere de hambre sentada en una silla de plástico mientras los funcionarios buscan cruceros en horario de trabajo. El guardia le pide que se calme y se lo lleva a un lado mientras le dice que allí los trabajadores no buscan cruceros en horario laboral y que si hay cola no es por culpa de los funcionarios sino de la Administración, que no pone suficientes medios. Juan sigue con su matraca hasta que el guardia le advierte que, según la Ley, se puede iniciar un procedimiento sancionador contra él con consecuencias administrativas y hasta penales. Juan le va a decir que se meta la multa por donde le quepa. O mejor, que se va a encargar él mismo de metérsela a cada uno de los paseantes que hay en la sala. Pero entonces empiezan a correr los números en el monitor de turnos y piensa que, si no hacen la gestión en ese momento, tendrán que volver en autobús a Toledo otro día. Así que se la envaina y vuelve a su asiento, al lado de su madre, justo en el momento en el que aparece su número en la pantalla.

El funcionario que los atiende contradice todo lo que Juan ha estado pensando mientras esperaba. Es un conocedor escrupuloso de la legislación en materia de pensiones y Seguridad Social. Sus explicaciones son precisas y pedagógicas. Ha entendido, solo con estrecharle a Juan la mano y decir buenos días, que este será capaz de comprender lo que tiene que explicarle. No así la madre. De modo que encuentra una forma de exponerles a los dos la situación sin renunciar al rigor legal al que está obligado. En todo momento se dirige a su madre tratándola con respeto, ni como a una niña de tres años ni como a un ser de otro tiempo. Lo primero que hace es darle el pésame por su pérdida. Un pésame protocolario, sí, pero que tanto Juan como su madre agradecen. Usted no se preocupe, le dice a ella. Vamos a buscar qué información tenemos de su marido y encontraremos la manera de dejarlo todo arreglado. Ya verá.

Tras consultar el expediente de su padre en la pantalla, les informa de que el último día cotizado que figura en su vida laboral es el 31 de julio de 1982, el mismo en que terminó de trabajar en la fábrica de fibrocemento. Lo único que aparece en esa vida laboral son los trece años cotizados en la fábrica de Getafe. Nada antes y nada después. El trabajo en el campo, anterior a Getafe, por su naturaleza solitaria y ancestral, al parecer no precisa de un marco legal. Eso debió de pensar el padre. Que para qué estar dado de alta. El resultado de ese periodo laboral en Getafe, le informa el funcionario, fue el reconocimiento al derecho para la percepción de una prestación por incapacidad permanente por valor de seiscientos treinta y dos euros en su último pago. Juan le pregunta por la pensión que le quedará a su madre y el funcionario le dice que la señora tendrá derecho a cobrar una pensión de viudedad por una cuantía determinada por la base reguladora de la pensión del difunto, es decir, una cantidad inferior a los seiscientos treinta y dos euros. Pero que, para ello, tendrá que presentar, además del formulario de prestaciones por supervivencia, la acreditación de identidad de la solicitante, el libro de familia y la certificación del acta de defunción del causante fallecido. Juan mira a su madre, que tiene la mirada fija en el pelo del funcionario, ajena a su propia condición de solicitante y a su situación económica. Desconocedora de los chanchullos del causante fallecido. Y entonces se ve a sí mismo como el tejido que amortigua. ¿Qué hubiera hecho su madre sola, frente a un hombre amable pero que se refiere a ella como la solicitante y a su marido recién muerto como el causante fallecido?

27

Llegan a la estación a falta de cinco minutos para que salga el autobús de Cruces. Juan acomoda a su madre junto a la ventanilla y él se deja caer en el asiento de al lado. En su estómago, como una mala digestión, se mezcla el recuerdo de la chica mirando a su padre mientras se vaciaba los bolsillos con el de él mismo en la sala de espera del dentista unos días antes. El abrazo de Guadalupe a su madre le ha pillado tan de improviso que todavía no sabe qué hacer con él. No había contado con que ella tuviera una vida emocional autónoma. Nunca se había planteado que hubiera cultivado afectos más allá de la familia. Hay algo hermoso en ello, lo sabe. Sin embargo él se siente, una vez más, ridículo, porque se da cuenta de que ha estirado hasta la vida adulta una idea infantil sobre la forma de amar de su madre: vuelta hacia la familia, exclusivamente volcada en los hijos. El marido, pronto se dio cuenta ella, como un trámite inevitable para lograr meter en la casa la luz cegadora de la infancia.

Recostado contra el respaldo, la cara mirando al techo, Juan hincha los carrillos y suelta el aire. Es tan sonoro el suspiro que llama la atención de un pasajero cercano. Menudo calor, dice el hombre. Juan lo mira y asiente en silencio. Vaya calor, sí. Y vaya lo que le queda por delante. Hay que presentar formularios, pedir cita con el neurólogo, volver a Toledo, gestionar la medicación, ordenar la fábrica, estar pendiente de la apatía de su madre, frenar la inercia que él traía, tomar tierra, como le aconsejó Fermín de mala manera. Esa cantidad de tareas por acometer es, sobre todo, viscosa. No hay forma de deshacerse de ella. Tiene que tomar decisiones que, necesariamente, van a modificar el curso de su vida. Sabe que tiene que hacer renuncias y se resiste.

El autobús avanza por el llano. El aire acondicionado permite observar el exterior sin ansiedad. Los matorrales se agarran a la arcilla cuarteada a pesar del sol de agosto. Sus raíces se desentienden de lo que sucede arriba y viajan a las profundidades, hasta el lugar donde bufan las bestias, en busca de la necesaria humedad. Cualquier cosa con tal de vivir. A la altura del puente que cruza sobre el río Guadarrama siente que su cuerpo pierde tono. Algo dentro de él, no su voluntad, ha tomado una decisión que pone fin a su resistencia. Llamará al Botánico y le explicará a Mr. Cochrane su situación, lo que equivale a perder su empleo. Hablará con su casero para que empaquete sus cosas y disponga del apartamento. Hibernará su vida por un tiempo indeterminado.

Toma aire y se gira hacia su madre que mira el paisaje a través del cristal. Ella vuelve su rostro hacia él. Mamá, le dice. No te preocupes, todo va a salir bien. La expresión de la mujer es inerte, como si el arranque de sinceridad de su hijo no fuera con ella. Y en parte es así porque la convicción que Juan expresa no está dirigida tanto a ella como a sí mismo.

28

Unas semanas después de que le llamara gilipollas, Fermín se presenta en el taller a la hora de la comida. Aparca la furgoneta con el rótulo de la empresa de wifi y sale de ella vestido con su ropa de trabajo, su tupé y con un par de bocadillos y unas latas frías. Se sientan a la sombra y comen en silencio. No se han vuelto a ver desde entonces. Juan ha estado sintiendo los escozores todo el tiempo porque sabía que su amigo tenía razón. Se ha justificado ante sí mismo de varias formas. Lo repentino de su cambio de vida, el peso de lo que se ha encontrado. Juan no pide disculpas ni Fermín tampoco. Hablan de trivialidades y, en un momento dado, Fermín se levanta, se va hacia su coche y abre el portón trasero. Regresa con una maleta de herramientas y pasa de largo delante de Juan, que apura el final de su cerveza.

Germán regresa de su siesta para empezar el

turno de tarde y se encuentra con que el coche de Fermín está junto al Renault 4, los dos con los capós abiertos. Un par de cables gruesos comunican los motores. El *cuatro latas* lleva un rato con el motor arrancado, recuperando la carga de la batería. Han repasado manguitos y correas, engrasado piezas y añadido líquidos. Yo creo que, con un poco de dinero, hasta puede pasar la ITV, dice Fermín. Solo tienes que ponerle las bombillas que faltan en los intermitentes y cambiarle cuando puedas la correa del ventilador. Está al límite. Y lo más importante es que le compres una batería nueva. En cuanto dejes el coche parado un par de días, se te va a descargar. Germán se ha quitado la gorra, no se sabe si en señal de asombro o de respeto hacia el hombre que ha conseguido arrancar el coche. Lleva meses parado, dice, y se lo estaban empezando a comer los jaramagos. Yo ya ni me daba cuenta de que estaba ahí.

Antes de meterse en la nave para seguir trabajando, Juan ayuda a Fermín a guardar las herramientas. Reconoce que sí, que estaba pasado de vueltas cuando se vieron y le agradece que le parara los pies. Eras el primero que volvía a darme caña desde que mi hermana se fue a América. Por cierto, dice Fermín, hablando de pies, ¿qué te parece si nos apuntamos esta Navidad a correr la San Silvestre de Toledo? Es una carrera asequible y puede ser una buena excusa para que nos juntemos a entrenar de vez en cuando. Juan le agradece la invitación, pero ni tiene deseos de competir ni cree que vaya a tener ganas de correr después de trabajar todo el día en la fábrica. De repente se ha convertido en un hombre responsable. Tiene que ocuparse de su imperio en ruinas, en cuyo trono tapizado, con una perra vieja a sus pies, se sienta su madre por las noches a rezar el rosario.

29

Isabel le llama un par de veces por semana. Al principio conversaciones apresuradas, como las que mantendrían dos profesionales intercambiando datos. Luego menos funcionales pero llenas de silencios incómodos. Habría agradecido Juan que esos silencios hubieran estado entreverados de aquellas crepitaciones que antaño rellenaban las esperas telefónicas. Esas virutas producto de la deficiente calidad de los hilos de cobre, de sus aislamientos de tela, de la mala conciencia de las telefonistas que, como cuervos posados en el cable, siempre estaban en medio, aguardando la confidencia, acechantes. ¿Cuántas centralitas hubieran sido necesarias entonces para establecer una comunicación entre Williamsburg y Cruces? ¿Cuántas clavijas hundidas en armarios de nogal y baquelita? ¿Cuántos postes de madera creosotada, cuántas conexiones precarias? De haber sido así,

Juan habría tenido dos docenas de razones para cortar la comunicación con su hermana en cualquier momento o simular no haberla entendido. Perdona, Isabel [...], ¿Isabel? Ruidos de fritanga, murmuraciones eléctricas. Llamada cortada. Pero corre el año dos mil diez y su voz le llega rebotada por un satélite impoluto que orbita más allá de la estratosfera y que es capaz de aislar sus palabras del mal aliento que las acompaña cuando están frente a frente. Poco a poco, a medida que Juan le va detallando el día a día en Cruces, las conversaciones se tornan más relajadas. La Isabel de la caricia en la mejilla va ganando espacio con la distancia y con el tiempo. También con la satisfacción de saber que su hermano está allí, que quizá ha comprendido. De nuevo estaba equivocado Juan: el amor florece en las neveras llenas, en las sábanas planchadas y no tiene por qué menguar con la distancia. La luz con la que su hermana le habla del lugar en el que ahora vive es una buena prueba. Todos necesitamos un descanso. Isabel cuenta que la empresa les encontró una casa cerca del William & Mary College. Le habla de la zona histórica de Williamsburg, de los actores disfrazados de colonos del siglo diecisiete, de las casitas de madera pintadas, de la buena sintonía con la gente de la empresa que va a desarrollar su patente. Su voz es chispeante, como de niña ilusionada. Juan escucha las descripciones de los árboles y el clima y nota cómo su hermana se centra en aspectos triviales que son, al tiempo, muy reveladores. Habla mucho de césped, por ejemplo. Y de ríos caudalosos, de naturaleza exuberante, de tejados hechos con tablillas. Justo lo que no tiene Cruces, donde no hay hierba, salvo en la piscina municipal. Por donde no pasan ríos, la naturaleza ha devenido en campo y las casas se protegen de la intemperie con tejas árabes de barro cocido. Entiende a la Isabel embelesada con esas cosas, en apariencia triviales, porque a él le han cautivado los mismos detalles en su particular edén escocés. Una especie de paraíso tropical, pero al norte. Sin palmeras, pero con extensos bosques de hoja caduca. Con turba en lugar de arena coralina. Sin tibieza en el aire, pero con nieve. Si él le hubiera cogido el teléfono a su hermana estando en Edimburgo, se habría extendido sobre la nieve, que es para él lo que el sol radiante para los nórdicos. Una invitación a ser otro por un tiempo. Rememora el invierno de dos mil ocho en Edimburgo. Estuvo cuatro días sin parar de nevar y él sin dejar de mirar la nieve a través de las ventanas. Empezó un miércoles a mediodía, unos pocos copos a merced del viento. Recuerda el día de la semana porque se suspendieron las clases en la academia de inglés. Al principio no parecía que aquellos cuatro puntos blancos fueran a ser capaces de imponer su ley como lo hicieron. Al amanecer del jueves, todo estaba blanco, exceptuando las roderas que habían formado los coches que ascendían por su calle. Ese día se suspendió el transporte público, el aeropuerto canceló todos los vuelos y empezaron a escasear los productos frescos en los supermercados. Los centros de salud con el personal mínimo, los colegios cerrados y, por supuesto, también el restaurante en el que trabajaba por aquel entonces. Un país próspero, poderoso, paralizado por unos fragilísimos cristales de hielo. La situación quizá fuera inconveniente para los adultos pero una bendición para los niños y para Juan. Desde su dormitorio, los veía tirarse acera abajo con sus trineos. Algunos habían hecho un muñeco de nieve enorme en el jardín próximo. Tres bolas apiladas de tamaño decreciente, una zanahoria por nariz, ramas oscuras como brazos, una abotonadura de piedras desde el cuello hasta los pies. Desde allí parten ideas que los pueblos asimilan desde la Patagonia hasta el lago Baikal. La Navidad es blanca, las brujas vuelan a horcajadas sobre viejas escobas, velas que iluminan el interior de calabazas naranjas, los muñecos de nieve llevan una nariz larga y anaranjada. En su apartamento, Juan no podía evitar mirar por la ventana y ver cómo eran los copos en cada momento. Los hubo grandes y lentos, como las delicadas cenizas que eleva el fuego. Los hubo pequeños y veloces, parecidos a la arena de playa, que el viento amontonaba en las cornisas y en el exterior de los marcos de las ventanas. Por la noche miró la farola cercana para intentar encontrarlos en el haz de luz. Nunca, en su vida, había visto nevar y, durante aquellos días, quiso que la tormenta no terminara jamás. Que no regresaran los coches a las calles, que no tuviera que respirar el humo de sus motores ni soportar el ruido de sus neumáticos rebotando contra los adoquines. Aquellos cuatro copos habían invertido las prioridades. Era tiempo de deslizarse cuesta abajo y de hacer muñecos y batallas de nieve. Juan también participó de la fiesta infantil. Salía a la calle a cualquier hora y caminaba por el centro de la calzada. A los lados, los coches más que aparcados estaban atrapados. Sentía el crujido de la nieve al apelmazarse bajo sus suelas. Buscaba las zonas que no habían sido pisadas y ahí metía los pies. El lugar que todos evitaban. Incluso llegó a salir de noche, tratando de fijar en su mente la imagen de las calles vacías en donde la ventisca levantaba nubes que se arremolinaban y se disipaban como vapor de agua. El tercer día salió caminando de casa, apreciando las luces frescas que le arrancaban a lo blanco matices azulados. Llegó hasta el gran parque que llamaban Meadows, su lugar favorito de la ciudad, y desde allí subió a los Links de Bruntsfield. En una hoya del parque, niños y adultos se tiraban por una pendiente de nieve apisonada y deslizante. Asomaba un parche de césped embarrado allí donde los trineos habían sido más insistentes. Juan los observó durante un buen rato. Reían mientras veían a otros bajar. Parecían electrizados cuando eran ellos los que se lanzaban pendiente abajo. Estaban ensimismados, como hacen los niños cuando juegan porque, en aquel momento, solo existía el juego y nada había fuera de él. Aquello era pura experiencia del presente. Si se caían, reían. Si tres adultos se montaban sobre un plástico, reían. Si había un choque de trineos, reían. Si alguien se tiraba sobre una bandeja de horno, reían. ¿Cómo algo tan simple puede procurar tanta alegría?, se pregunta Juan ahora, al calor de la mañana meridional. Entonces, durante aquel invierno blanco, no debió de pensar demasiado. Simplemente se sumó a los que se lanzaban pendiente abajo, a los que no conocía, usando al principio un trozo de cartón y luego los artefactos que unos y otros le iban prestando. Un grupo de españoles con niños compartía una botella de vino tinto. Le ofrecieron un poco en una copa de plástico sin peana que Juan aceptó. También ellos reían. De regreso a casa, los pies helados, sintió que había vivido un momento extraordinario. Poder entregarse al juego como solo lo hacen los niños. Ha intentado prolongar esa experiencia tanto como ha podido. Hasta que Isabel le ha hecho saber que la vida va en serio y que él lo ha comprendido demasiado tarde.

30

Es una suerte que el coche haya funcionado con los cuatro arreglos de Fermín y un milagro que haya pasado la ITV, piensa Juan. Desde que lo tienen, todo es más sencillo. Tarda menos tiempo en ir a la fábrica, aunque, por otra parte, también pierde la oportunidad de pasear por el campo. A cambio, puede llevar a su madre a un sitio o a otro sin tener que depender de los horarios de los autobuses. Un día que van camino de Toledo a una cita médica sucede algo inesperado. Saliendo del pueblo de Rielves, la carretera asciende hasta llegar al punto más alto de la ancha cuenca del río Guadarrama. Desde ese altozano, la vista se extiende por decenas de kilómetros. Es justo cuando han superado esa cuesta cuando la madre abre la boca para recordarle a Juan un episodio de cuando él era niño y vivían en Getafe. Algo que pasó en la misma carretera por la que circulan. Era un viernes de finales de otoño y la familia esperaba en casa a que el padre saliera de trabajar para irse a Cruces a pasar el fin de semana. La madre cuenta que aquel viernes en el que todavía no existía la autovía estaba muy oscuro y se puso a llover a cántaros. Hacía frío en el coche, dice, y señala con un dedo una de las rudimentarias rejillas de ventilación que hay sobre el salpicadero. Simples huecos practicados en un plástico primitivo. Le cuenta algo que Juan rememora de inmediato, que a su padre le gustaba conducir agarrando el volante por su parte alta y echándose sobre él cuando se fatigaba tras mucho tiempo conduciendo. Aquel viernes, después de toda la semana de trabajo, el padre conducía en esa posición cuando se puso a llover. La mujer hace un gesto hacia el parabrisas y dice que por allí resbalaba tanta agua que las escobillas, las gomas esas, dice ella señalando los limpiaparabrisas, no daban abasto. El padre redujo mucho la velocidad porque, además del agua, los faros del coche iluminaban poco y no se veía más allá de unos metros. En aquella época la carretera tenía muchas más curvas que ahora, explica. Y muchos baches que había que esquivar para no maltratar las ruedas, que costaban muchas *perras*. Perras, piensa Juan, otra palabra que solo ha escuchado en su familia. Otro vínculo privado que ahora comparte solo con dos personas. Perras gordas, perras chicas, duros, palabras de la generación de sus padres que flotan en la memoria compartida y que no pasarán a la siguiente. Juan escucha el relato en silencio. De vez en cuando su madre pierde el hilo o no encuentra una palabra. Es la primera vez desde que volvió de Escocia que la escucha hablar tan largamente. El padre de Juan, continúa la mujer, estaba nervioso en medio de aquella tempestad. Dice que Isabel y él empezaron a llorar y que el abuelo no decía nada. Y entonces, sigue la madre, de tanto trabajar, las cosas esas se pararon. Los limpiaparabrisas, apunta el hijo. Se quedaron quietos en mitad del cristal y ya sí que no se veía nada. La mujer se queda callada y así sigue durante algunos kilómetros hasta que Juan no puede resistir más y, al llegar a Rielves, sale de la carretera y aparca. Semanas atrás Juan se habría resistido a preguntar por qué comunicarse con su madre hubiera sido admitir su derrota. Hablar era abrir una puerta y preguntar, cruzar un río. Al otro lado estaba ella, esperando para cargarle con una mochila que él se resistía a llevar. No mojarse era su forma de mantener vivo el sueño de regresar a Escocia. Apaga el motor, se gira hacia ella y le pregunta qué pasó después. La madre dice que el padre orilló lo mejor que pudo y que allí se quedaron en medio del Diluvio Universal. Ella se calla, como si esperara que su hijo le tirara de la lengua. Mira a través de la ventanilla. ¿Y?, pregunta Juan. Que no había teléfonos móviles entonces y que tampoco pasaba quien pudiera ayudarlos porque entonces había muy pocos coches. Así que el padre le pidió a ella que le buscara una bolsa de plástico y ella vació una de Galerías Preciados con comida que llevaba entre los pies y se la dio a su marido, que abrió la puerta y salió a la noche oscura. Le vieron manipular algo al otro lado del cristal delantero y al momento entró de nuevo en el coche, chorreando agua. Traía uno de los limpiaparabrisas. Metió la mano izquierda en la bolsa, agarró con ella el limpiaparabrisas, abrió la ventanilla del coche e hicieron el resto del viaje hasta Cruces a paso de tortuga y con su padre conduciendo con la mano derecha y limpiando el cristal por fuera con la izquierda.

31

A finales de octubre, las pilas de tablones y contrachapado han decrecido hasta hacer aflorar los palés sobre los que descansaban y los flejes que las ceñían. Han sido diez semanas de trabajo intenso, pero han llegado a tiempo. Los ochenta y pico mil euros están a la vuelta de la esquina y ellos sin un camión apropiado en el que realizar la entrega porque el que había lo vendió el padre un tiempo antes de conseguir los chalets. Ni Juan ni Germán tienen el carnet apropiado para conducir el vehículo que necesitan para mover la mercancía. Tampoco dinero, así que deciden utilizar el viejo remolque de las vendimias y engancharlo al tractor de un vecino. Cuando lo han cargado, se suben al viejo cacharro y comienzan su viaje de diez kilómetros a Maqueda. El tractor no tiene cabina. Conduce Germán y Juan va a su lado, sentado en uno de los guardabarros que hay sobre las ruedas traseras. Los caminos por los que transitan son bien conocidos por los dos. Germán los ha recorrido como cazador y Juan como niño de pueblo. Pasan cerca de una encina de gran porte, famosa en la comarca por el diámetro de su copa. El cielo está limpio, corre el aire, el castillo de Maqueda se levanta hermoso contra el telón de fondo de la sierra de Gredos. Juan no quiere mostrar su euforia hasta que tenga el dinero, pero no puede ocultar el brillo en los ojos. Germán, le dice por encima del rugido del motor, me ha gustado trabajar contigo. Germán le mira, le sonríe y vuelve su atención a los baches del camino. El remolque no está pensado para transportar esa carga. Sus ejes son estrechos, la amortiguación, muy básica, y cada bache del camino ha de ser sorteado con el máximo cuidado para no deteriorar la carga. Juan vuelve también su vista al campo y traga saliva. Germán no ha entendido que el pretérito perfecto «me ha gustado» se llama perfecto porque indica que la acción ha llegado a su fin. Desde que Juan, un par de semanas atrás, tuvo claro que llegarían a tiempo a la entrega, ha estado pensando en la manera en la que le dirá a Germán que, con el trabajo de Maqueda, él deja la fábrica. Al principio pensó que venderla sería la única solución. Liquidar los bienes de la empresa, dejar las deudas pagadas y cerrar ese capítulo sin temor a que su madre fuera sorprendida en el futuro por un acreedor. Pero cuando Germán le habló del compromiso de Maqueda empezó a tomar forma una idea mejor que la de cerrar la empresa y tener que despedirle. En aquel momento le había dicho que, desde que el padre había sido diagnosticado, apenas había hecho trabajo físico. Es decir, que la fábrica la había llevado él solo. Cuando hayan entregado el material y recibido el dinero, su plan es llevárselo al mesón El Cazador, allí mismo, en Maqueda, e invitarle a comer para celebrar el fin de obra y el principio de un nuevo tiempo para la empresa. Le dirá: Germán, además de un amigo, eres un trabajador impecable. Honesto y comprometido. Has demostrado que eres el alma de la empresa. Si ha funcionado en los últimos años ha sido gracias a ti. Sabes que yo me voy a marchar en cuanto pueda y que no tengo intención de ganarme la vida con el negocio de las puertas, pero tú sí que puedes seguir haciéndolo. Te regalo la empresa entera, con todo lo que tiene dentro, *India* incluida, para que puedas seguir trabajando en lo que sabes. Es más, para que empieces a manejar el negocio a tu estilo, no al de mi padre. Llevarás las cuentas de manera puntillosa, cogerás los pedidos que quieras, evolucionarás o no, como mejor te parezca. En su cuento de la lechera se ve a sí mismo como un rey magnánimo. Capaz de gobernar con justeza sobre sus tierras y súbditos. Es más, al encargado de Maqueda le va a perdonar el pico de los 87.325,19 euros. Sentado frente a él en su despacho de la obra, mientras el otro busca la chequera o los datos de la cuenta para la transferencia, Juan le llamará por su nombre de pila y le dirá que no hace falta que ingrese el pico. Que le vale con los ochenta y siete mil redondos. No descarta tampoco que se lo pague a tocateja. Si se da ese caso, ha ensayado cómo comportarse con naturalidad. Le hará saber que no es el recién llegado que aparenta ser. Conoce cómo funcionan estas cosas. Si hay que cobrar en negro, se cobra. Aunque fuera por un importe menor. El constructor se ahorraría impuestos y ellos también. Un negocio redondo.

Tardan dos horas en llegar a la obra, donde los recibe el encargado, que los invita a pasar a la caseta. Germán dice que se queda fuera, ayudando en la descarga, y solo entra Juan. El lugar se parece mucho a la oficina de su padre. Hay muestrarios de materiales industriales, un mueble archivador con cajones, un calendario de una marca de cementos, mucho polvo. Lo único diferente es que allí hay ordenador, impresora y un pequeño frigorífico. El encargado le ofrece algo de beber y Juan le acepta una cerveza. Es día de celebración. El hombre saca un par de latas de la nevera. En la silla frente al encargado, Juan piensa que, después de un rato de charla sobre el viejo, sobre su relación con él, quizá de muchos años, cerrarán el trato firmando un papel y saldrá de allí con los ochenta y siete mil euros. Pero el encargado no parece tener prisa y se demora contándole cosas de su padre. De cómo trabajaba y de lo que le gustaba una buena comida en El Cazador, en la carretera nacional. Y de los buenos ratos que han echado juntos algún viernes después de una entrega, en Maqueda o en otros pueblos de la comarca. Buenos pelotazos de DYC Cola se metía tu padre. Y Juan asiente sin saber muy bien cómo terminar con la cháchara y salir de allí con el dinero.

Cuando el hombre decide que los prolegómenos han terminado, se endereza sobre la silla adoptando una actitud más seria e invita a Juan a hablar de lo que hay que hablar. Juan saca el albarán que encontró en la carpeta junto a la colección Austral y se lo alarga al encargado. A ver qué tenemos aquí, dice mientras se pone unas gafas que le cuelgan de un cordel del cuello.

El corazón de Juan bombea con fuerza. Bebe un trago largo de cerveza que le resulta demasiado tibia para provenir de la nevera de un constructor. Cuando la mirada del hombre llega a la parte baja del folio, le cambia la expresión. Se toca el mentón, deja el papel sobre la mesa, abre uno de los cajones del archivador y saca su propia carpetilla. Repasa los documentos que contiene y extrae una cuartilla que le alarga a Juan. Un texto manuscrito y firmado por su padre en el que se dice que el monto total de la obra son los ochenta y siete mil y pico euros, IVA incluido, algo más de setenta mil netos. Juan dice que eso no es lo que dice el documento que trae. Allí pone claramente que los ochenta y siete mil son por los doce chalets restantes. ¿Cuál de los dos papeles está firmado por tu padre?, responde el encargado, y continúa explicándole el documento manuscrito donde se dice que del total neto ya se pagaron en su día treinta mil euros a modo de anticipo para la compra de materiales y se acordaba el pago de otros treinta mil a la entrega de la primera fase de diez chalets, cosa que ya se hizo. Junto a esas cantidades hay sendas firmas del padre. Bajo cada una de las firmas la misma palabra: cobrado.

Juan sale de la caseta con un pagaré sin fecha de vencimiento por un importe cercano a los diez mil euros. No te quejes, le ha dicho el encargado, porque debido a la crisis en la que está la economía después de lo de *lemanbroders*, muchas de las reservas de chalets que teníamos se han cancelado. A la gente le ha entrado el miedo y ha decidido guardarse el dinero. Cuando consigamos vender dos casas que ya tienen la entrada dada, liquidamos contigo pero con una quita del cincuenta por cierto. El restante son esos miserables diez mil. Para ser precisos, la promesa de pago, *sine die*, de diez mil euros, una cantidad que no soluciona los problemas de su madre, ni los suyos, ni los de la fábrica. En el camino de vuelta, el ronroneo del tractor se embarra con el recuerdo de lo último que le ha dicho el encargado. Tienes suerte de que tu padre fuera un buen amigo. Si das con otro, ahora tendrías que volverte a Cruces con todo lo que has traído y comértelo con patatas.

32

En noviembre todavía hace buena temperatura. Cada año el verano tarda más tiempo en retirarse. Septiembre ya es como agosto, octubre como solía ser septiembre, y así sucesivamente. Pero, a pesar del buen tiempo, la madre siempre tiene frío. Algunas mañanas, al hacer la cama, Juan se ha encontrado con dos y tres colchas revueltas que le daban al lecho un aspecto de ciénaga. Juan compra un edredón para ella y limpia la chimenea del salón. Con la ayuda de Germán y de Fermín, un sábado hace leña de un olivo muerto que hay junto a la alberca y luego la llevan a casa y la apilan en el gallinero de atrás. Con esa madera pasarán el invierno y todavía les sobrará.

Después de dejar la leña ordenada, Fermín y Juan deciden terminar la jornada en el bar de Ángela. En el televisor, el Atlético de Madrid le acaba de meter el tercer gol al Osasuna. Los viejos miran la pantalla, indiferentes, como si estuvieran viendo un partido de la liga lituana de hockey sobre hielo. Forlán se acerca a la grada para celebrar el gol con la afición. Fermín, de espaldas a la pantalla, lleva más de media hora hablando de los tiempos en los que hacían la temporada de carreras de campo a través con el equipo de atletismo. Su tendencia a mirar al pasado le habla a Juan de su propia vida. Él no regresa a ese pasado porque se ha labrado un futuro prometedor, se dice. Aunque ese futuro se le esté yendo entre los dedos como arena de playa. No necesita rememorar una y otra vez las batallitas infantiles porque ha logrado desplazar el peso de su existencia hacia delante, que es lo que hacen los adultos. Con el tercer o cuarto tubo en la mano, observa a Fermín mientras habla y se siente en una de esas escenas de las películas en las que la voz del personaje secundario se atenúa y lo que emerge es la conciencia del protagonista. Fermín sigue ahí, moviendo los labios y acompañando con aspavientos sus palabras sordas. El Osasuna saca de centro. El Calderón, también en silencio. Fermín es una imagen fantasmal de sí mismo, una sombra quieta impresa en una pared por acción de un hongo atómico. Si él no se hubiera marchado del pueblo, ahora serían dos sombras atómicas acodadas en una barra de formica. Escucharle hablar de cuando robaban carbón en la estación de tren de Torrijos o de aquella carrera en la que alguien le hundió los clavos de la zapatilla en la pierna le produce ternura. Un sentimiento relleno de helio que se eleva fácilmente en la mente de Juan mutando, sin que lo advierta, en superioridad moral. Yo he logrado salir de esta ínsula en medio de la gran meseta, se dice. Yo he tenido clarividencia y valor. Atributos heroicos que no se buscan ni se encuentran, sino que se merecen. Juan entiende que Fermín sea feliz en el pueblo, que no tenga aspiraciones fuera de su término municipal. Claro que sí. Alguien tenía que quedarse a pasar el testigo de generación en generación. Alguien tiene que encargarse de que siga habiendo vida fuera de Madrid y Barcelona. Así, los veraneantes de esas ciudades tienen la oportunidad de descubrir sus paraísos perdidos y de verse tentados a abandonar sus vidas esclavas en las ciudades y convertirse en ciudadanos sostenibles. La ansiedad consumista diluida en largas tardes de verano, sin sitios donde comprar. Poco a poco se va elevando el volumen de la voz de Fermín y, con ella, el ruido ambiente, los vasos chocando, las fichas de los viejos que juegan al dominó, la voz del comentarista deportivo. «San Silvestre» es lo primero que entiende de lo que le dice Fermín. Venga, hombre, que son solo ocho kilómetros, y por Toledo. Subir al casco viejo el día de fin de año. No me digas que no te lo pasabas bien cuando íbamos de jóvenes. Y Juan, como si en vez de haber estado absorto en sus pensamientos hubiera escuchado atentamente a su amigo, se engancha a lo que le dice Fermín con un manotazo en la barra y un sí rotundo. Vale, que sí, le dice, eres un pesado. Me apunto este año a correr la San Silvestre contigo, pero solo para que dejes de darme la paliza con la puta carrera. Ángela, ponnos otras dos.

Y así es como empiezan a quedar para entrenar tres días a la semana. Generalmente es Fermín el que se acerca a Cruces en coche. Aparece por la fábrica a la hora de terminar la jornada y desde allí mismo salen a trotar por los caminos. Fermín tiene lo que quería, a su amigo corriendo a su lado, como en los viejos tiempos, cuando todo estaba por hacer. Antes de que la fábrica de molduras de su familia tuviera que cerrar. Antes de que se viera solo, gestionando la liquidación de la empresa que había sido el sustento y el orgullo de su familia. Fermín tuvo además que templar a su padre porque estaba convencido de que aquellas máquinas que iban a malvender eran de última tecnología, veinte años atrás, y que valían mucho más. Antes de que se quedaran en la ruina después de indemnizar a los empleados. Antes de tener que trabajar de mecánico de coches y de hacerse con el traspaso de aquel maldito bar que tuvo que cerrar por un infarto de miocardio. Juan era para él el *antes de todo aquello* y por eso esperaba cada día que llegara la hora de irse a Cruces a trotar a ritmo de cardiópata junto al hijo pródigo, el compinche que se extravió y que ahora, por una cabriola del destino, había encontrado varado en su playa.

Es Fermín el que lleva el plan de entrenamiento. Se lo ha bajado de internet y lo ha adaptado para que incluya la terminología que empleaba Raúl, su entrenador de la infancia. Las sesiones duran entre treinta y cuarenta y cinco minutos de trote lento pero constante. Diésel, llama Fermín a su ritmo. En realidad, el entrenamiento no lo marcan ni el plan bajado de internet ni los recuerdos de las sesiones de Raúl sino el pulsómetro que Fermín lleva en la muñeca. No puede superar, bajo ningún concepto, las ciento cuarenta pulsaciones. Cuando eso sucede, un pitido les reconviene. Juan no tarda en habituarse a un régimen de trabajo tan liviano. El cuerpo tiene memoria, comentan un día después de trotar, en el bar. Es la recompensa a la humillación de ver al Zurdo alejarse una y otra vez, a pesar de las palizas que se daban a entrenar. Si llego a saber que todos aquellos años de sacrificio iban a servir para seguirle el ritmo a un anciano como tú, me hubiera retirado de niño. Las carcajadas rebotan contra las botellas de Larios y DYC, salen del bar y se hielan en las calles vacías de Cruces.

33

Invierno. Sentada en su sillón de orejas junto a la ventana, su madre reza el rosario. Más allá del cristal, la noche es un rectángulo oscuro desde el fondo del cual llega débil la luz de las farolas de la plaza. La imagen de Andreu esperando junto al coche, al fondo del pasillo de cemento, pertenece a un pasado remoto. A un tiempo de luz hiriente. Juan pela patatas sobre la mesa. El televisor está encendido y la chimenea también. La mujer pasa las cuentas murmurando oraciones en cuyo significado quizá no haya reparado nunca. Ruega por nosotros pecadores ahora y en la hora de nuestra muerte, amén. *Ahorayenlahora*, así lo ha dicho él siempre, todo junto. Y *maslíbranosdelmal*, también todo junto. Las peladuras forman una pequeña colina sobre la mesa del salón. Juan observa el motivo estampado del hule que la cubre: cuadros azules sobre fondo blanco. Imitan un mantel de tela verdadera en la que una urdimbre blanca y otra de color se cruzan. Juan pasa la mano por el dibujo y lo busca en su memoria, pero no lo encuentra. Esa trama no está entre sus recuerdos pero sí el material. Siempre ha habido hule sobre las mesas de la casa. Hay que proteger del deterioro hasta el más trivial de los objetos. Mientras pela piensa en el episodio de la avería del limpiaparabrisas. Le llama la atención que, siendo tan singular, no lo haya escuchado antes. Que no forme parte del repertorio fundacional. También le llama la atención la locuacidad de su madre.

En el televisor, el rostro de un hombre barbudo aparece rodeado por un círculo de letras de colores que se iluminan. El presentador le lanza preguntas a una velocidad extraordinaria. Juan deja de pelar las patatas cuando escucha alguna cuya respuesta conoce. Con la ese, ciudad griega en el golfo Termaico. Salónica. Salónica, repite Juan.

La falta de fecha de vencimiento del pagaré que le dieron en Maqueda le ha obligado a llamar al encargado, incluso a visitarle, varias veces. Dice que nada, que no han conseguido vender los chalets. Que es una ruina. Sin embargo, en sus visitas él ha visto como sus puertas estaban ya montadas. No tienen dinero para pagarnos, pero sí para continuar con la obra, se queja Juan. Ha terminado entendiendo que no hay nada que pueda hacer salvo confiar en ese hombre que se dice amigo de su padre. Entretanto, ha seguido sacando adelante pequeños encargos con Germán, para ir tirando.

Descartado un cobro inesperado de los diez mil euros del pagaré, todas las semanas fía al azar algunos euros. Cuando va a Torrijos, compra el Euromillón e, invariablemente, en algún momento, desea que no le toque. ¿Qué haría con veinte millones de euros? Intuye que no sería capaz de controlar semejante aceleración. El precario equilibrio que ha conseguido tras los primeros meses en Cruces podría saltar por los aires. Quizá por eso, por las noches, mientras prepara la cena, ha tomado la costumbre de ver Pasapalabra. Es un programa en el que el dinero no llueve en cascada, sin saber de dónde, sino que hay que meterlo en el bolsillo, poco a poco, respuesta a respuesta. Le gustaría ser el concursante barbudo que parece saber tanto de literatura como de baloncesto. En su participación imaginaria, Juan no falla ninguna respuesta y se hace con el premio final. En la vida real, en cambio, solo contesta de manera segura a unas pocas preguntas del rosco, como lo llama el presentador.

El último acto de generosidad de Isabel el día en que se marcharon fue dejar la nevera llena de comida. Desde que es Juan quien tiene que llenar esa misma nevera, piensa mucho en ese día. Se despidió de Andreu con un apretón de manos firme. Juan estaba todavía tan aturdido por la conversación con su hermana, con la súbita noticia de la marcha, que no reparó en que pasaría mucho tiempo hasta que viera de nuevo a Andreu. Ahora, no se puede decir que le eche de menos, pero sí que aquel hombre dejó en él un sabor que le gustaría volver a paladear. La Isabel que él creía conocer es una persona distinta de la que deja llena la nevera de una madre anciana. Una sola balda de un frigorífico puede contener tanto amor como una leprosería de la Madre Teresa. Un flan que está ahí solo porque es el que le gusta a alguien de la casa. No porque sea saludable o porque haya niños. Hay un tipo de yogur, de cerveza, de mantequilla que solo llega a las neveras de las casas porque alguien lo disfruta y porque alguien piensa en ese disfrute. Juan se pregunta en qué momento hizo su hermana aquella compra. Cuando, al día siguiente del entierro, se sentó a la mesa con su madre, allí estaba la merluza que Isabel había dejado en el frigorífico. Ha tardado meses en preguntarse cuándo pudo su hermana llenar la nevera. Entre viajes a Torrijos y madrugones no pudo tener tiempo ni cabeza. Lo cierto es que, a pesar del dolor y del mal ambiente, encontró el momento para organizar con Andreu la compra. ¿Cómo pudo recordar que a Juan, de pequeño, le gustaba el flan de huevo? Pero, sobre todo, ¿de dónde sacó el ánimo para cuidar de su hermano en un momento así? Sin embargo, allí estaba cuando se marchó, en la nevera de su madre, entre la merluza, el pollo, las verduras, la leche, el fiambre, el melón y los *tuppers* con guisos. Un flan de huevo envasado en un recipiente de aluminio de color bronce, como recordando el tono del azúcar quemado del interior. Un sabor que no es exactamente como el del flan casero sino mejor.

En el televisor al concursante barbudo solo le queda una letra. Con la erre, nombre latino de la familia botánica a la que pertenece el arbusto conocido comúnmente como ojaranzo. Juan, concentrado en sacar con la punta del cuchillo un brote profundo de una patata, murmura inconscientemente la respuesta correcta. Luego levanta la vista y mira al televisor. Todas las letras del rosco están en verde excepto la erre, que aparece en rojo. El presentador despide el programa. Una mujer rubia entra en el plano y abraza al concursante. Lloran los dos.

34

Juan conduce por caminos en dirección a Torrijos, a donde van a hacer la compra. Es la madre la que ha preferido evitar la carretera. Juan no ha preguntado por qué. La mañana es transparente. El sol brilla incrustado en un cielo azul, limpísimo. Por el mismo camino se acerca en dirección contraria el coche de un galguero que entrena a sus perros llevando las correas con una mano que sale por la ventanilla. Cuando se cruzan, se saludan agachando las cabezas. No la madre, que mira al frente. Se arranca de repente diciendo que ella también ha llorado mucho. Juan no conecta sus palabras con la escena del día anterior, cuando el concursante de Pasapalabra no consiguió responder a la última pregunta. Lo interpreta como un síntoma más de la enfermedad. Cuenta que muchos días lloraba cuando se iban a la escuela y se quedaba sola en la casa. A la madre el Renault 4 le afloja la boca y el corazón. También cuando dejó Aldeanueva y se fue a Getafe, con diecisiete años, a servir. Habla de su padre. ¿El molinero?, pregunta Juan. La madre no atiende a la pregunta. Dice que lloró cuando se casaron y se fueron a vivir a aquel pisito oscuro en el que no se podían tener plantas.

Juan recuerda una pregunta que lleva haciéndose desde que llegó. ¿Por qué compró papá la fábrica de puertas, con lo mal que tenía los pulmones? Atraviesan una zona de baches. Lleva semanas sin llover y las roderas que los grandes tractores han dejado en el barro durante las últimas tormentas son demasiado profundas y duras para un coche tan endeble. La mujer permanece callada hasta que vuelven a transitar por una zona sin baches. Cuenta que cuando Isabel terminó COU, uno de sus profesores fue a casa para hablarles de lo buena estudiante que era y para pedirles que la enviaran a estudiar Biología a Madrid. Aquello iba a costar dinero. ¿Y no podía haber estudiado en Toledo o en Talavera? Sí, dice la madre, podría haber estudiado en Toledo pero ya ves, hijo, la vida es así de desagradecida. Criaros para que os vayáis tan lejos los dos, que parece que os hemos hecho algo. El disgusto que se cogió tu padre cuando te fuiste. Juan detiene el coche en medio del camino. Es un día laborable, pleno invierno, por la mañana. Están solos en una planicie en la que ya verdean los brotes del trigo. Visto a ras de suelo, parece que han sembrado césped. ¿Cómo explicarle a su madre que en ese comentario está la razón por la que, al menos él, se marchó? Que ya no podía seguir posponiendo su vida porque se le terminaría acabando. Respira y le dice que ellos no han hecho nada mal. Que han vivido su vida y han tenido hijos y que debe entender que los hijos se van, como hicieron ellos en su día. La madre dice que claro que sí, que cuando se casó con su padre empezó una nueva familia pero que no dejaron atrás a sus mayores. Que su suegro vivió con ellos hasta que murió, que es como tienen que morir las personas decentes, con su familia. Eso es lo que subyace en el pensamiento de la madre: que el deber de los hijos es hacerse cargo de los padres incluso renunciando a su propia vida, como hicieron ellos con los suyos. También que esa renuncia tiene la muerte como fecha límite y que, por tanto, solo es un aplazamiento de lo propio. El trato para preservar la decencia y, en último término, la dignidad de lo humano es dar cobijo, sustento y cuidado en el tramo final y luego continuar con la vida de uno con la conciencia tranquila y la esperanza de que la siguiente generación haga lo propio.

La madre sigue mirando al frente, las manos siempre recogidas en el regazo. Una postura que sugiere protección porque las manos se interponen entre el mundo y el abdomen. El lugar del cuerpo donde las tripas nos traen y nos llevan, donde los hijos se gestan y donde luego, de mayores, golpean.

35

El coche siempre está aparcado debajo de los almeces de la plaza y la madre ha tomado la costumbre de sentarse todos los días un rato en el asiento del copiloto. Sale de la casa, cierra la cancela cuidadosamente tras ella y se sube al coche. Por lo general se limita a quedarse sentada, mirando hacia delante, donde lo único que puede ver es una calle de su pueblo, con las casas cerradas, muchas de ellas sin habitantes. Algunos días Juan la sigue y la ve entrar en el coche. Él se queda en el patio, observándola desde la cancela. La estampa tiene el aire de un cuadro de Hopper. La soledad de una mujer que aguarda pensando en sus cosas a que su marido vuelva. No hay ansiedad alguna en ella. Su madre ha llegado tarde a la esclavitud de las pantallas.

De vez en cuando Juan sale de la casa y se suma a su espera. Angustias, Dolores y el resto de los vecinos de la plaza ya se han acostumbrado a verlos y no les dicen nada, pero al principio la madre terminaba saliendo del coche y metiéndose en casa seguida por Angustias, que insistía en que aquello no tenía ni pies ni cabeza. Juan no necesita preguntarle por qué lo hace. Simplemente la acompaña y se queda callado con el volante en las manos, imaginando que van de viaje.

Muchos días los pasan en silencio. En otros dice alguna palabra suelta, murmura o cuenta pequeñas historias. Son casi siempre viejos recuerdos pero también episodios recientes en los que la madre confunde lugares y acontecimientos. Juan no la corrige.

36

Lleva días aplazando una llamada a Edimburgo. Un fleco pendiente que resolver. Rebusca en el costurero de su madre hasta que encuentra un alfiler con cabeza de plástico. Mete la punta del alfiler en el orificio lateral de su teléfono, aprieta y extrae la tarjeta española. En su lugar introduce la británica y espera a que el aparato se conecte. Cuando se fue de España, en 2006, no tenía teléfono móvil. Al día siguiente de aterrizar en Edimburgo, echó una moneda de una libra en una cabina sabiendo que no le daría más que para unos segundos. Le dio tiempo a decir que había llegado bien, que llovía y que la ciudad era muy bonita. La madre se quedó con el auricular en la oreja escuchando los pitidos del final de la llamada. Dos semanas más tarde, cuando ya se había instalado en el apartamento de Brian, bajó al pub del barrio, pidió una pinta de una cerveza que en España no habría probado jamás y se dispuso a sentirse como un lugareño más. Terminada la segunda pinta, el bullicio del bar era ya suficiente como para marcar. Metió dinero en el teléfono que había en el extremo de la barra y esperó a que su madre descolgara en Cruces. Sonaron varios tonos y luego escuchó la voz de su padre al otro lado. ¿Papá?, preguntó. El hombre se quedó tan sorprendido como Juan. Permaneció callado por un momento y luego dijo que se ponía la madre. Juan escuchó cómo apoyaba el auricular en la mesa y se alejaba llamando a la madre en voz alta. A ella le contó que estaba bien, que ya tenía casa y, como no supo por dónde seguir, volvió al tópico de la ciudad bonita. Que si parques, que si un castillo, el puerto y una montaña en medio de todo. La madre le preguntó por la beca y solo entonces recordó que aquella había sido la excusa que había empleado meses atrás para justificar su marcha. Le dijo que la beca bien y se inventó que había empezado a recibir clases de inglés. Quería pintar para ella un panorama tranquilizador, reforzar la idea de que era una persona responsable y que no había ido hasta allí a holgazanear. Y para no seguir mintiendo, le habló a su madre sobre lo que le acababa de pasar con su padre. La mujer le quitó importancia, que ya sabes cómo es tu padre con el teléfono y rápidamente desvió el tema hacia el tiempo y la comida. Y mientras la mujer daba el parte meteorológico del pueblo, Juan podía sentir el enfado del viejo filtrándose por los agujeros del auricular.

Cuando el nombre de la operadora aparece en la pantalla del móvil con todas las barras de cobertura iluminadas, Juan marca el número de Brian. La última vez que habló con él fue para negociar una rebaja del alquiler. Por entonces Juan todavía pensaba que sería cuestión de semanas. Ha estado consumiendo sus ahorros pagando un piso vacío.

La voz de Brian le reconforta. Su timbre es pausado y su acento, claro y abierto. Quizá por eso Juan se sintió acogido por él desde el principio. El día que le conoció llovía, y Juan recorría las calles buscando un piso en el que quedarse. Vio un cartel de una agencia en la puerta, vio luz a través de las ventanas y, en lugar de llamar al teléfono, llamó a la puerta. La esponjosa toalla que Brian le prestó y el té que le sirvió en el momento de conocerse fueron solo las primeras muestras de su forma de ser. Cada vez que Brian se dirigía a Juan, lo hacía ralentizando su inglés, ahorrándose localismos y pronunciando de manera clara.

Terminados los saludos, lo primero que hace el hombre es preguntar por la madre. Juan le hace un resumen de la situación y del futuro que le aguarda. Le dice que tendrá que quedarse en España de manera indefinida. Pueden ser meses o muchos meses, pero, sea como sea, no quiere tenerle pendiente de sus circunstancias. Brian escucha en silencio y, cuando Juan acaba, vuelve a preguntar por el estado de salud de la madre. No por su acuerdo de alquiler ni por nuevos plazos o por la rescisión del contrato. Juan le dice que lo siente y le pide que le envíe sus cosas a la dirección de Cruces. Hay, sobre todo, libros. Bastantes. Y también una silla de nogal que Juan encontró un día en una acera y que, durante un par de semanas de primavera, se entretuvo en restaurar. Lo hizo en el patio trasero de Brian y con sus herramientas. De esos días, sobre todo, procede la complicidad entre ellos. A media tarde, Juan llamaba a la puerta de su casero y, antes de ponerse a trabajar, tomaban un té. Durante aquellos días Brian le habló de los años en los que trabajó para el ayuntamiento de la ciudad, de sus tres hijos repartidos por los confines del antiguo Imperio británico, de los nietos a los que nunca había visto juntos, de su vida de jubilado, de las esperanzas que tiene de vender pronto la casa y el apartamento y retirarse a su pueblo.

Pero, más importante que los libros o la silla, es el rododendro, que Brian no le aconseja enviar por mensajero. Te haré llegar lo que quieras pero, si te parece, yo me encargaré de que tu árbol esté bien cuidado hasta que vuelvas.

37

Un martes de primeros de diciembre, Isabel llama para decir que irá a pasar el fin de año con ellos. No esperaba que estuviéramos tan avanzados a estas alturas, le comenta a Juan por teléfono. Ha sido una paliza, pero ha valido la pena. Llego a Madrid el veintinueve a mediodía y me vuelvo el tres por la noche. Juan la escucha sentado en una de las sillas del salón, mientras su madre ve Pasapalabra. La llamada le ha pillado justo al salir de la ducha, tras una sesión de entrenamiento con Fermín. Siente el placer del cuerpo cansado y limpio, renovado. La endorfina, el rosco colorido de letras en la pantalla, el calor de la chimenea. Todo parece alineado para que él pueda escuchar las noticias de Isabel sin rijosidad. Le sorprende su propia alegría al saber que su hermana estará con ellos en fin de año. Tiene ganas de contarle cómo van las cosas por el pueblo pero ella no entra en detalles y él tampoco. Escucha su voz a través del auricular como si fuera completamente nueva para él. Limpia, sin un solo rasguño ni tensión. Es la endorfina, le dice su cuerpo al colgar. Tienes que producir más.

Amplía su programa de entrenamientos a seis días a la semana. Lunes, miércoles y viernes trota con Fermín. Martes, jueves y sábado, vuela él solo sobre los llanos. En un par de meses recupera la forma que tuvo cuando entrenaba de adolescente. Un estado físico que él no mide en minutos por kilómetro, ni en distancia recorrida, sino en sensación de plenitud. Cuando lleva corriendo cincuenta minutos a buen ritmo, aprieta durante cinco o seis kilómetros, a su antojo, y el aire entra en sus pulmones y en ningún momento siente que sus vísceras le vayan a salir por la boca. Al contrario, lo que experimenta con nitidez es la amplitud olímpica de sus zancadas, su cuerpo en forma de pez que hiende el viento en contra. Atraviesa los caminos invernales del centro de la provincia de Toledo entre los olivos y los campos de cereal todavía ralos. Siente que corre con la gracilidad de un keniata o un etíope. Y lo hace como ellos, sin aparente esfuerzo, flotando sobre las rodadas de los tractores y los charcos. Al regresar, entra al pueblo por calles oscuras y reduce el ritmo bajo las tenues farolas, llega a casa, abre la cancela, acaricia a *Laika*, saluda a su madre y se ducha largamente, tratando de evitar la gota china que su padre le dejó en herencia.

38

Los viernes, después de su sesión, se van al bar de Ángela a tomarse unas cañas. Siente tentaciones de confesarle a Fermín su doble vida: corredor jubilado tres días a la semana, flecha abisinia el resto del tiempo. Pero nunca lo hace. Le cuenta que ha dejado a su madre la cena en una bandeja para que solo tenga que calentársela y así poder quedarse un rato tranquilamente en el bar. Que es viernes, joder, le dice a Fermín. Llevo toda la semana a muerte con Germán. Estamos entrando ahora a las siete y media de la mañana, Fermín, así que me viene bien tu ritmo. Ríen. Fermín le pregunta si la madre es capaz de calentarse ella la cena, a lo que Juan asiente levantando el móvil que tiene sobre la barra. Puede llamarme si necesita cualquier cosa. En un minuto estoy en casa. Juan hace un gesto con la mano y Ángela saca dos vasos helados de la nevera. Uno lo llena en el grifo iluminado y el otro lo acompaña con un tercio cero cero. Nunca me has contado cómo fue lo del infarto. Fermín agarra el vaso y la botella que acaba de dejar Ángela sobre la vitrina de las tapas y vacía la cerveza. Sube una espuma de cuatro dedos de alto. El cristal helado se vuelve blanco, con tan solo un culo dorado de líquido. En la vitrina, la ración de oreja hecha desde la mañana tiene la grasa emulsionada.

Dice que estaba en casa fregando los platos, poco antes de ir al colegio a recoger a los niños. Un martes, puntualiza. No es que tenga el día grabado en la memoria, es que era el único día de la semana que recogía él a los niños porque el resto, o estaba en el bar o estaba ocupado hasta el mediodía llamando a proveedores o trabajando en la contabilidad del negocio. Dice que sintió algo parecido a unas agujetas en el pecho. No un calor abrasador debajo de la piel, como suelen contar las personas que han sufrido un infarto. Utiliza la palabra agujetas porque, dado su vínculo corredor, es una sensación que Juan puede comprender perfectamente. Pequeños pinchazos internos, cristales de ácido láctico clavándose en las fibras musculares de una forma tan microscópica, íntima y repetida que puede pasar por una sensación de gran cansancio. Cuenta que dejó de fregar y que se sentó en una silla, desconcertado porque lo que estaba experimentando le resultaba desconocido. Ahora sí, dice, la próxima vez que tenga un infarto sabré de qué se trata. Juan toma nota mentalmente. Quizá también le toque a él algún día. Quizá antes de lo que imagina. Hasta este momento, la palabra infarto la asociaba a la vejez y a ciertas malas costumbres. Una combinación de edad y merecimiento. Pero Fermín ha sufrido el suyo antes de los cuarenta años y con unos hábitos de vida saludables. Está ahí, frente a él, dejando que su cerveza sin alcohol pierda su triste espuma. No sabe precisar cuánto tiempo transcurrió hasta que se le pasó la sensación. Pensó que algo le había sentado mal, miró el reloj y salió de casa a la carrera porque llegaba tarde al colegio. Pero, por el camino, algo dentro de él le dijo que aquello que había sentido mientras fregaba no era una lata de mejillones a punto de caducar o una leche pasada. Mientras iba por la calle llamó a su mujer y le dio instrucciones claras. Dile a tu hermano que recoja a los niños y se los lleve a su casa. Vete a por el coche y recógeme frente al parque. Tienes que llevarme al hospital cuanto antes.

Su mujer llegó al banco en el que estaba Fermín al mismo tiempo que la ambulancia que había tenido el acierto de pedir. Él decía que no era necesario, que se iba por su cuenta, pero los sanitarios le obligaron a subir y acabó haciendo el viaje tumbado, con su mujer siguiéndolos en su propio vehículo. Juan asiente en silencio. Su tubo de cerveza, intacto, también ha perdido la espuma.

El camino hasta el hospital lo hizo plenamente

consciente. El enfermero que le acompañaba no paraba de preguntarle cosas, algunas relacionadas con lo que le había sucedido y otras sin conexión aparente. En un momento cogió el micrófono de una radio y comunicó al hospital las constantes vitales del paciente. Lo poco que Fermín entendió de la jerga médica no le gustó. Notaba la velocidad de la ambulancia cuando cogían alguna curva. Cada tanto, el conductor conectaba la sirena para avisar a los demás vehículos. La última cosa que le dijo el enfermero fue que se parecía a James Hetfield, el cantante de Metallica.

En el hospital entraron por Urgencias. Desde la camilla, cuenta Fermín que vio las espaldas de los que hacían cola en el mostrador de admisión y las caras de los pacientes que aguardaban en la sala de espera a ser atendidos. Eso le extrañó más que toda la palabrería del enfermero de la ambulancia. Le metieron en una sala, le conectaron máquinas y en menos de cinco minutos un médico le dijo que había sufrido un infarto grave y que le iban a operar de urgencia para colocarle un *stent*. El enfermero que lo preparó para la operación era un simpático profesional que terminó agotando el repertorio de bromas que llevaba años refinando para engatusar a todos los desgraciados que, sin saber bien cómo, pasaban de fregar platos en sus casas a estar vestidos con una bata que no les tapaba las nalgas. De todos los lugares comunes que le regaló el enfermero, hubo uno que se le quedó clavado en la memoria: toca pasar por el taller. Eso es lo que le dijo mientras le practicaba una vía en el brazo. Su cuerpo, como todos los motores, tenía una vida útil que empezaba en el nacimiento y terminaba en la muerte. Antes de esa última parada, todo el mundo tarde o temprano tenía que hacerse algún ajuste.

Ese *pasar* por el taller sugiere que se entra y que se sale. Ahí deposita el enfermero la carga de esperanza que trata de infundir con sus bromas a los que prepara para el quirófano. Entras por admisión, te vestimos de una manera tan funcional como ridícula, te conectamos a unas máquinas, te sacamos o te metemos algo, cerramos, nos aseguramos de que la sutura ha quedado limpia y te mandamos de vuelta a la escena inicial en la que estabas fregando platos o haciendo esforzadamente de vientre con el móvil en la mano. Su paso por el taller le llega a los treinta y tres años, demasiado pronto. Claro que podría haber sido peor. Podría haber alcanzado directamente la última parada, sin talleres entremedias. Llega el celador que lo va a meter en el quirófano. Antes de irse, el enfermero bromista le dice que es clavado al cantante de Metallica y que ya verá como en unos meses vuelve a los escenarios.

Con lo que ha escuchado, Juan tiene suficiente para entender por lo que Fermín ha pasado. Cambiaría de tema, pero no se atreve. No sabe si lo que debe hacer es rescatar a su amigo de la ciénaga de sus recuerdos o, al contrario, hacerle de purgante para que saque hasta la última gota de bilis que contiene.

El cirujano le va avisando, justo antes de que suceda, de lo que va a sentir en cada momento. Esto te va a doler un poco. Pinchazo en la muñeca. La punta de catéter ha entrado en su cuerpo y empieza a subir por el brazo. Vas a sentir que te orinas encima. Ahora te va a parecer que los testículos te arden como si te los estuvieran quemando con un mechero. Estamos en la axila, una curva muy cerrada. Vas a notar cómo hurgo para que la punta pase. A partir de ahí, es coser y cantar. Se queda una semana ingresado. Es el más joven de una planta llena de hombres de cincuenta para arriba, todos con cara de fumadores, o de comedores de tocino. Culpables de cualquiera de los pecados que te convierten en el agraciado ganador de un infarto. Cada día camina un poco por el pasillo arrastrando su gotero, como el resto de los paseantes. Hay un hombre que le adelanta siempre. Está calvo, encorvado y le faltan dientes. Fermín intenta alcanzarle, pero no lo consigue.

No sabe qué hora es cuando llega a casa. En la cocina, la bandeja de la cena está donde él la había dejado. Destapa el cazo. La sopa, intacta. El cuenco, limpio; la cuchara, a un lado sobre la servilleta de papel sin usar. Las siete pastillas de la noche están en el fondo de la tacita que usan para dosificar los medicamentos. En el dormitorio su madre duerme bajo una gruesa capa de colchas que ha echado sobre el edredón que él compró al principio del invierno. Juan regresa a la cocina y abre el frigorífico. Todo está como lo dejó. No falta nada, no hay peladuras de naranja en la basura, ni migas de pan ni un vaso de agua a medio beber. Su madre no ha cenado.

39

No puede dormir. Siente la cerveza hinchándole la barriga y las imágenes del infarto de su amigo entrando y saliendo de su mente, cabalgando sobre las olas de alcohol que su cráneo contiene. Después de haberle contado los detalles del percance, se ha extendido sobre el camino que concluyó en el quirófano. No es que lo mereciera, ha dicho Fermín, pero si volviera a empezar lo haría de otra manera. Me podría haber anticipado. No supe ver los indicios.

Nunca como en los últimos meses ha sentido Juan tan de cerca el aliento de la enfermedad. Su padre, su madre, su amigo. Los tres determinados por sus respectivas dolencias. Al padre el cáncer le ha ganado la partida, pero su madre y Fermín todavía están vivos y hacen lo que pueden por darles sentido a sus vidas. Fermín es joven y tiene un pulsómetro que le dice cuál es el límite que no debe traspasar. Pero ¿y su madre? ¿Dónde está su límite? Enciende la luz del flexo y se incorpora. Mareo. Coge el teléfono de la mesilla, cinco treinta y cinco de la madrugada, y teclea en el navegador las palabras «evolución *alzeimer*». El buscador le sugiere con una cortesía diseñada en California que lo que quizá esté buscando sea «Evolución alzhéimer». Juan pincha en la corrección y en cuarenta y una centésimas de segundo hay dos millones ochocientos mil resultados disponibles para ser consultados. Hace clic sobre el primer enlace y se abre una página sobre estimulación cognitiva en la que destacan cuatro fases que van de la preclínica a la demencia severa. Por fin ha abierto la caja de Pandora. Sabe que no hay vuelta atrás. Lee el texto que sigue al primero de los encabezamientos con la esperanza de que sea ese el estadio en el que se encuentra su madre. Lee por encima expresiones como «falta de atención», «memoria episódica» o «dificultad para encontrar palabras» y concluye, sin más, que su madre está en la fase preclínica, la más leve. Siente alivio, como si el diagnóstico lo hubiese hecho un premio Nobel del hospital Monte Sinaí cuando, en realidad, se ha limitado a teclear dos palabras en el buscador y pinchar en el primer resultado disponible. Seguir el rumbo que marca el algoritmo. Justo lo contrario de lo que dictan el sentido común y la prudencia médica. A Juan, en todo caso, le vale. Él también atraviesa fases de sensibilidad cambiante. En la que está, lo que necesita es escuchar solo lo que le viene bien. Se da por satisfecho y apaga el teléfono. El blanco refulgente de la pequeña pantalla se va a negro con un elegante fundido, también diseñado en California. No ha leído nada de las siguientes fases, pero es que ni siquiera ha prestado demasiada atención a lo que se dice de ese primer estadio. Por no entender, no ha entendido ni el encabezamiento de la fase: preclínica, es decir, sin diagnosticar. Y su madre ya tiene un diagnóstico, una medicación y unas pautas para tratar de ralentizar el avance de la enfermedad. Aun así, Juan siente que ya ha empezado a enmendar el error de Fermín. Piensa que, etiquetando los primeros síntomas de su madre, se ha anticipado. Que él no necesitará comprender las señales a toro pasado porque se está haciendo cargo ya mismo de la situación. Él, que de entre los dos millones ochocientos mil resultados disponibles, entre los que seguro hay información rigurosa y autorizada, se ha quedado con la opción que le ha puesto delante un motor de búsqueda que trabaja para vete tú a saber qué intereses. Ojos entornados es lo que desea para sí. Saber más o menos qué hay delante, *grosso modo*, pero sin tener por qué tatuarse en el pecho el mapa del calvario que le aguarda a su madre. Ojos entornados. Se queda dormido.

40

El veintinueve de diciembre, poco antes de las tres de la tarde, Juan oye un motor detenerse frente a la casa. *Laika* sale corriendo hacia la cancela para recibir a Isabel. A esa hora Juan está terminando de poner la mesa con la madre sentada en el sillón de orejas. La mujer se ha lavado el pelo a media mañana y se lo ha dejado suelto para que se seque. La luz que entra desde la calle enciende sus cabellos blancos. Mamá, dice, ya ha llegado Isabel. La mujer levanta la vista y mira por la ventana. Su hija está en el patio, en cuclillas, acariciando a la perra. Juan ayuda a su madre a incorporarse y cuando está de pie le ofrece su brazo. Ella lo toma y salen juntos a recibirla. Isabel camina hacia ellos con una sonrisa cansada en los labios. Se acerca a su madre, subida en el escalón del porche, y la abraza por la cintura. Juan retrocede medio paso y observa. La mujer se entrega cubriéndola con sus brazos, mezclando su pelo con el de su hija. No queda nada de la negritud del verano pasado cuando él las vio porfiando por una cremallera enganchada en un forro descosido. Así es como debería haber regresado él de su paraíso escocés. Abriendo sus brazos en lugar de simulando estar dormido. Ahora es ella la hija pródiga. No hay pesadumbre en el conjunto, si acaso el cansancio que Isabel arrastra por haber salido de su casa, al otro lado del océano, tantas horas antes.

Cuando deshacen el abrazo, Isabel tiene los ojos húmedos, no así su madre. Juan, dice, y le tiende una mano que él recibe con la suya. Primero azorado, evitando estrecharla con sus dedos, una especie de saludo ministerial, pero al momento tirando de ella para besarla en la mejilla y darle un abrazo breve pero suficiente. Evitan mirarse a los ojos. Isabel, para que no asome el dolor que ha experimentado en América, después de dejar a su madre a las pocas horas de la muerte de su marido. El dolor por la propia falta del viejo, a quien ha recordado cada día mientras miraba desde su ventana el verde campus del William & Mary College.

Juan, por su parte, evita los ojos de su hermana simplemente por vergüenza. Porque no entiende qué tiene que hacer con lo que ahora sabe de ella, después de varios meses al timón, encajando cada vez más fielmente en la silueta que ella dejó al marcharse, entendiendo lo que antes no era capaz de ver. Le azoran, y lo sabe, sus impulsos infantiles. Quisiera mostrarle a ella todo lo que ha aprendido, así, llamando la atención como hacen los niños.

Ha sentido la presencia de su hermana cuando ha tenido que lavarle la ropa interior a su madre, al medirle la sal de las comidas, al rellenar hojas de papel tratando de tener claro qué pastillas, en qué dosis y a qué hora debía tomarlas la mujer. Vergüenza o, quizá, miedo a dejarse llevar, a reconocer la emoción que le produce verla allí, junto a ellos, venida desde tan lejos para reconfortar a su madre por unos pocos días.

El treinta y uno deciden ir juntos a Toledo para animar a Juan en la carrera de San Silvestre y, de paso, para darse una vuelta por la ciudad y ver las luces de Navidad. Así que, después de comer, se montan en el coche de alquiler de Isabel, pasan a por Germán y salen para la capital haciendo una parada en Torrijos para recoger a Fermín.

Aparcan en la zona baja de la ciudad, junto a la fábrica de armas, y suben caminando hasta la plaza del Ayuntamiento, en el casco viejo. Allí, la parafernalia de la carrera y la aglomeración de corredores le restan protagonismo al triángulo monumental que forman la catedral, el ayuntamiento y el palacio arzobispal. Toda la piedra tallada, las gárgolas, los arbotantes y los misterios del tiempo arrinconados por los colores chillones de las indumentarias y la voz animosa de quien habla a través de la megafonía. Juan y Fermín se quedan por allí a esperar la salida mientras que Germán, Isabel y la madre se van hacia algún lugar del recorrido desde el que verlos pasar.

Fermín trota con un gorro de Papá Noel. Es su forma de olvidarse de que lleva un pulsómetro castrador en su muñeca. Si por él fuera, se habría picado con Juan. Le habría provocado en las rectas llanas de la zona nueva. En lugar de eso, se ha pasado la carrera meneando la borla del gorro y animando él al público. Juan ha corrido todo el tiempo a su lado y han entrado juntos a la meta. Fermín a ciento treinta y cinco pulsaciones por minuto, Juan a bastantes menos.

Después de la carrera toman algo en un bar cercano. Es Germán el que se empeña en invitar. Están sentados alrededor de una mesa pequeña, junto a un radiador. Comentan la carrera, cada uno desde su punto de vista. Ríen con Fermín, que continúa con el gorro puesto y que sigue reclamándole a Juan, veinte años después, unas zapatillas de clavos que le prestó para una carrera y que no le fueron devueltas. Hablan de lo bonita que está la ciudad, de la suerte que tienen por vivir a tan pocos kilómetros, a pesar de que la mayor parte de las veces solo se desplacen para ir al médico o a renovar el carnet. Aunque han corrido despacio,

---

Juan siente el cansancio en su cuerpo. Hacía mucho frío para ir en pantalón corto y camiseta de tirantes. Estaba la distancia y luego el recorrido, bajar desde la zona vieja y subir de nuevo hacia el final de la carrera. Con su cerveza en la mano, Juan ríe con las ocurrencias de Germán, que dice que el año que viene correrá él. Y desplaza su mirada por los reunidos en torno a la mesa. Su hermana, atenta también a las cosas que cuenta Germán y con una mano de la madre entre las suyas; su amigo Fermín, que ha hecho posible ese encuentro; su madre, despistada pero tranquila. Todos los que están en esta mesa me quieren, se dice Juan.

41

El día de año nuevo, cuando terminan de desayunar, Juan le pide a Isabel que le acompañe a la calle. La hermana le sigue por el patio hasta la cancela y luego cruzan la plaza.

—¿Te suena? —le dice mostrándole el Renault 4.

—¿Es el nuestro?

—Sí, claro. Fermín lo ha reparado.

Isabel lo rodea mirando a través de las ventanillas. Abre la puerta del conductor, se sienta y observa el interior con las manos agarradas al volante. Juan abre la puerta del acompañante y se coloca a su lado. Isabel recorre con los dedos los parcos elementos del salpicadero y se detiene en el lugar en el que solía estar el crucifijo. Tapa el agujero con la yema de un dedo, lo acaricia.

—¿Te acuerdas del Cristo que papá llevaba siempre ahí?

Isabel asiente en silencio.

¿Dónde estará?, se pregunta Juan en voz alta y luego continúa contándole a su hermana cómo encontró el coche medio abandonado en la fábrica y el día en el que Fermín se presentó dispuesto a arreglarlo. Nos está dando un buen servicio, dice. Isabel sale de su ensoñación y pregunta si va de un lado a otro con ese trasto. Vamos, corrige, y señala con el índice la pegatina de la Inspección Técnica de Vehículos. ¿Quieres dar una vuelta? Las llaves están puestas.

Mientras Isabel conduce, Juan le habla de cómo cambia su madre cuando está sentada donde está él en ese momento. Me ha contado de todo, dice. Y hasta se ha reído alguna vez.

Los meses separados y las conversaciones telefónicas han disuelto las tensiones. Una charla así hubiera sido impensable la última vez que se vieron. Habla Juan. ¿Qué planes tenéis en América? ¿Os quedaréis mucho tiempo? No lo creo, responde Isabel con la mirada atenta a la carretera. Eso mismo pensaba yo cuando me fui a Edimburgo. Que me quedaría solo un año y ya ves, cuatro. Juan se arrepiente inmediatamente de lo que acaba de decir. Por más que su hermana esté mostrando su lado más amable, no conviene soliviantarla. Recordarle, aunque sea de pasada, cómo había alargado él su estancia en Escocia, lo renuente que había sido a la hora de regresar. No quiere que su humor regrese a los días del entierro. Pero ella no se altera por el comentario. Su mirada sigue fija en las líneas discontinuas que el coche va tragando. Va bien el *cuatro latas*, dice. Sí, responde Juan. Isabel abandona la carretera principal para tomar un desvío por una comarcal y en cuanto ve un apartadero lo suficientemente amplio, detiene el coche y apaga el motor.

—¿De verdad queréis volver pronto? —pregunta Juan.

—Sí, cuanto antes.

—Yo me di cuenta de que al pasar el primer año, justo cuando empezaba a sentirme adaptado, me tenía que marchar. Por eso te preguntaba. Quizá a vosotros os suceda lo mismo.

Juan mira por su ventanilla, al campo quieto. Están en el centro de una llanura amplia y conocida. El sosiego que los circunda es arrastrado por el viento hasta el coche, imprimiendo a su conversación un tono pacífico. En el lugar en el que se encuentran ahora, física y emocionalmente, parece imposible que puedan estallar viejas cuentas pendientes. Juan suelta el aire contenido en los pulmones con una espiración larga, gira la cabeza hacia su hermana y habla. He pensado mucho en aquellos días. Es lo bueno del pueblo, tiene uno tiempo para pensar, lo quiera o no lo quiera. Isabel sonríe. Cree que se encuentra en el umbral de la catarsis de su hermano. Que en la intimidad del coche va a asistir a una de esas epifanías capaces de fundar nuevas vidas. Pero eso no sucede. Juan no protagoniza ningún acto de contrición ni promete un futuro luminoso. Se limita a decir que entiende cuánto han tenido que esperar ella y su familia para estar en el lugar en el que ahora se encuentran. Un todoterreno deportivo pasa junto a ellos haciendo que el Renault 4 se balancee sobre sus raquíticos amortiguadores. Isabel va a decir algo, pero Juan la para con un gesto. Creo que puedes estar tranquila por mamá. Diría que me apaño bastante bien con ella y no tienes que volver corriendo si eso no os encaja. Un grajo sobrevuela la carretera y un viento ligero mece unos cardos secos que todavía aguantan de pie desde la primavera anterior. El frío del exterior se cuela en el interior a través de las rudimentarias tomas de aire del salpicadero. Gracias, Juan, dice finalmente Isabel. Te agradezco mucho el ofrecimiento que me haces, pero en cuanto completemos el traspaso a los americanos, nos volvemos. Si las cosas siguen tan bien como van y podemos aguantar el ritmo de trabajo que llevamos, estaremos de vuelta en Barcelona a finales del verano que viene. Juan la interrumpe. No hace falta, dice. De verdad, Isabel, relajaos y aprovechad la oportunidad. Ya te digo. Yo estaré con mamá el tiempo que haga falta. Ese es el problema, Juan. El tiempo de mamá.

42

La noche siguiente, mientras Isabel acuesta a la madre, Juan recoge la cena y friega. Cuando termina, se reúne con ella en su dormitorio, donde la encuentra metiendo las últimas cosas en la maleta. Juan se ofrece para acompañarla al aeropuerto al día siguiente pero Isabel declina la oferta. Mejor no dejar a la madre sola.

Conversan hasta muy tarde, en el salón. Juan dándole sorbos a un Chivas que el padre tenía en el mueble bar. Regalo de algún proveedor, seguramente. Es ahí donde Juan es informado de manera profusa sobre las otras tres fases del alzhéimer que decidió pasar por alto en su búsqueda en internet. Isabel parece haber leído los dos millones ochocientas mil entradas que ofrecía el buscador. Le habla de la degeneración cognitiva que produce la enfermedad, de los cambios neuronales. Le explica incluso procesos bioquímicos. La Isabel científica, apasionada por lo minúsculo, se pierde en descripciones que Juan no comprende y en las que tampoco encuentra motivo para la maravilla. Placas de proteína beta-amiloide, corteza entorrinal. A Isabel le brillan los ojos porque ya no habla de la demencia de su madre sino de un espécimen. Su mirada es capaz de convertir la desgracia en prodigio. Juan tiene que pedirle que regrese a la Tierra. No solo no es capaz de comprenderla. Tampoco la reconoce hablando así de su madre. Isabel se queda callada durante un momento y luego continúa. Supongo que recuerdas cuando viniste después del diagnóstico de papá. Ese *después* le sigue doliendo a Juan. Igual que el siguiente *después*: después de la muerte en sí. Juan todavía piensa que el tiempo le sacará esas dos astillas. Es su forma de aligerar la angustia que siente ahora que empieza a entender que la muerte no es un acontecimiento binario. Su padre fue el último representante de ese modelo: estaba y luego ya no estaba. Nada en medio, al menos para él, que no compareció. Escuchando a Isabel hablar del proceso degenerativo que conlleva la enfermedad, entiende que la luz de su madre no se apagará como la de su padre. A él le tocará constatar, día tras día, cómo se desvanece morosamente su identidad.

En la chimenea, el fuego ha perdido llama, pero sigue siendo ardiente. Juan se levanta y añade un tronco. Vuelve al mueble bar y se rellena el vaso. En los días que estuviste aquí cuando el diagnóstico, supongo que te diste cuenta de que a mamá se le olvidaban las cosas todo el tiempo. Juan guarda silencio. Fue por esa época cuando me di cuenta de hacia dónde se dirigía y, desde entonces, me he estado preguntando si ese cambio en su comportamiento tuvo que ver con saber que papá tenía cáncer. Como habrás comprobado estos meses, esos olvidos se han hecho crónicos. También los arranques de desconfianza que tiene, pensando todo el día en que le quitan sus cosas. Has visto los cajones, ¿verdad? Se desorienta, pierde el equilibrio, se pone la ropa al revés. A Juan le viene a la memoria la noche en que sintió ruido en la casa. Se levantó y se encontró a su madre saliendo por la puerta. Se vistió rápidamente y fue en su busca. Debían de ser las cuatro de la mañana, no había nadie en la calle. Decidió dejarla caminar y ver a dónde iba. Pasó por delante del bar de Ángela, cruzó la carretera y se encaminó a la iglesia. Cuando llegó, se quedó mirando la puerta y luego se sentó en un banco cercano. Juan se acercó y ella le dijo que había ido a misa pero que no había nadie. Juan le explicó la situación y se levantó para llevársela a casa, pero ella se enfadó y le acusó de robarle cosas y de no querer que fuera a confesarse. Se marchó y Juan tuvo que seguirla durante un rato hasta que sintió que recuperaba la calma. Se acercó de nuevo a ella, que le recibió como si no hubiera pasado nada. La cogió del brazo, la llevó a casa, la desvistió, la metió en la cama y él se fue a la suya a esperar a que amaneciera.

Juan le cuenta el episodio a Isabel, que le escucha asintiendo. La luz anaranjada del fuego los recoge a ambos. Eso es solo el principio, dice Isabel. Lo que viene ahora es mucho peor, Juan. En algún momento ya no nos reconocerá, no podrá vestirse sola, ni diferenciar un tenedor de un destornillador. Comerá cada vez peor, abandonará sus hábitos, dejaremos de entender lo que dice.

Juan tiene la mirada perdida en el fuego. El alcohol hace que sus ojos brillen de un modo extraño. Se lleva la mano a la nuca y resopla. Las llamas enrojecen su piel. Isabel se acerca y se pone en cuclillas frente a él. Lleva el dorso de sus dedos a la mejilla de su hermano y la acaricia.

43

La catarsis de Juan llega en mitad de la noche. No hay un llanto torrencial. No hay convulsiones ni chirridos del somier. Por no haber, no hay ni lágrimas. Una pesadilla. En ella no aparece su madre, ni tampoco su padre. No hay una escena cruel o penosa. Cuando se despierta, siente alivio al darse cuenta de que solo era un sueño. Se incorpora sobre el colchón y agita la cabeza para despejarse permitiendo que regrese a su memoria el episodio que su hermana ha compartido con él tan solo unas horas antes, entre el fuego y el whisky.

La víspera de la muerte del padre ella estaba sola con él en la habitación, ha contado Isabel. La madre había bajado a la cafetería a merendar algo para poder tomarse sus pastillas. Isabel miraba por la ventana cuando escuchó a la espalda la voz de su padre. Se inclinó sobre él porque, en el estado en el que se encontraba por aquel entonces, su voz era un susurro. El padre la cogió de la mano y la atrajo hacia sí. «Tráeme el crucifijo», fueron sus palabras. El último deseo de un hombre.

Salió de la habitación, temblando, y le contó a la enfermera de guardia lo que acababa de suceder. La mujer le pidió un momento, se marchó y a los pocos minutos regresó con una pequeña cruz de Caravaca. Isabel se la llevó al padre y se la puso en la mano. Él la palpó y se la devolvió. Esta no, le dijo. Tráeme la del coche.

Cuando regresó de Cruces con el encargo, era ya de noche. La madre y Germán estaban en la habitación. Les contó que había ido a casa a ducharse y a por ropa limpia para pasar ella la noche en el hospital. La madre protestó pero, con la ayuda de Germán, la convenció para que se fuera a descansar y volvieran al día siguiente a primera hora. Venid pronto, le dijo a Germán en un aparte. No mencionó el encargo del crucifijo. No quería angustiarlos.

Antes de marcharse, la madre le quiso dar las buenas noches al padre con un beso en la mejilla. Isabel había salido al pasillo, pero, viendo que su madre no aparecía, entró a la habitación para comprobar que estaba todo bien. Los encontró acurrucados en la cama, uno frente al otro, sobre las sábanas hospitalarias, con las vías por medio, el oxígeno y el electro. Cada uno con una mano sobre la mejilla del otro.

Durante la noche, Isabel apenas pudo dormir. En un momento se sobresaltó porque dejó de oír su respiración. Estaba muy oscuro. Le puso la mano en la frente y notó su calor. Se recostó en el butacón pero, cinco minutos después, sintió algo extraño y volvió a levantarse. Palpó su frente de nuevo y ya solo había tibieza.

Sentado sobre la cama, Juan nota esa misma tibieza en las yemas de sus dedos, como si hubiera sido él el que hubiera estado allí, junto a su padre, certificando su muerte. La pesadilla de la que acaba de despertar procede de una tristeza del tamaño de una mina a cielo abierto, como un ojo purulento que mirara a una capa de nubes grises. En su sueño la única persona que hay es él y lo único que sucede, la única acción digna de tal nombre, es su llanto inconsolable encerrado dentro de los muros de su yo más profundo. Es una pena primigenia y enclaustrada. Un fuego como el que habita el corazón de la tierra: es inútil querer apagarlo.

44

Un domingo de marzo Juan llega a casa después de dar un largo paseo por el campo con *Laika*. Había olvidado la hermosura del paisaje en esa época. El cielo revuelto, el viento, todavía frío, trayendo olores que hacía mucho tiempo que no percibía. En el patio de entrada encuentra las herramientas de su madre tiradas por el suelo junto a un geranio a medio trasplantar. Hay mantillo vertido sobre el cemento del patio, algo impropio de la madre y que Juan no ha visto antes. Puede haber sido porque la comida se le quemaba o porque, como le advirtió el doctor Colchero, llegaría un momento en que perdería interés por las tareas cotidianas. Cuando hable por la tarde con Isabel eludirá ese detalle. Le queda poco tiempo en Virginia y a nadie va a ayudar que lo pase preocupada.

Esa misma noche, después de cenar, sucede algo que se repetirá en adelante cada vez con mayor frecuencia. Ella le dice que es tarde y que es hora de irse a casa. Juan le responde que ya están en casa, algo que ella niega. Esa no es su casa. Ella vive en Aldeanueva. Y le habla del molino en el que se crio, al fondo de una garganta. Cita alguna anécdota y reproduce detalles con tal precisión que parecen ocurridos ayer mismo.

45

Lo de la lata sucede de la manera más trivial. Juan y su madre están sentados en el Renault 4, con las ventanillas abiertas. La madre, ausente, mira a Angustias, que barre su puerta al otro lado de la plaza. Mañana tengo que ir a Torrijos a pagarle al dentista el último plazo de tu implante y tengo que sacar de la cartilla. Se va a quedar casi a cero. La madre regresa de donde esté, vete tú a saber qué rencillas tendrá con Angustias o bien qué recuerdos gozosos de sus respectivas mocedades. Mira hacia Juan y le dice que si necesita dinero para el dentista que lo coja de la lata. Juan se queda callado. Se gira hacia su madre, que ha regresado a la contemplación de su vecina, y le pregunta que a qué lata se refiere y ella, como si tal cosa, dice que la del dinero negro. Juan insiste, incrédulo, en saber de qué lata está hablando y entonces la madre le cuenta que el padre cobraba muchos trabajos en be, que es dinero que si no se lo llevan Hacienda o los políticos, que para la madre son la misma cosa. Juan se echa hacia delante, cierra los ojos y apoya la frente en los puños que agarran el volante. Cómo ha sido tan imbécil, se pregunta. Crisis, construcción, cochinillos asados, buen vino de ribera del Duero, venga licores y un puro y un sobre que va y otro que viene y lo mismo en la mesa hay dos empresarios que un empresario y un político. Levanta la cara del volante y le pregunta a su madre si sabe dónde está la lata y ella le dice que donde siempre, en el gallinero. Juan sale del coche, empuja la cancela y atraviesa el patio delantero en pocas zancadas. Abre la puerta del gallinero que, desde que sacó la bicicleta, nunca más ha cerrado con llave. Hace un repaso rápido por los cachivaches hasta que encuentra, donde las había dejado, las dos latas de pintura. De la nueva ni se ocupa. Pinturas Titán, dice en la usada. Los chorreones secos crean líneas verticales sobre la pared metálica. Dinero negro en una lata de pintura blanca. La tapa está bien encajada con unas pestañas que parecen haber sido cerradas a conciencia. Busca un destornillador y las fuerza una a una hasta que abre el recipiente y un pequeño resplandor le ilumina la cara.

46

Mediados de un abril lluvioso. Pasea con Fermín por un camino entre olivos. El aire huele a tierra mojada. Es un olor profundo con una cualidad fértil y volátil que penetra en los pulmones hasta la sangre misma. A su paso, los conejos salen espantados de los matorrales que prosperan en las lindes, allí donde no llegan ni las ruedas de los tractores ni sus arados. Ha sido Juan el que le ha llamado. Necesitaba hablarle de los cambios que observa en su madre. No sabe lo que ha desayunado, le cuenta, pero es capaz de reconstruir con detalle un episodio de su infancia ocurrido hace más de cincuenta años. Cada vez repite con más frecuencia que la casa en la que vive no es la suya. Que ella vive en el molino de Aldeanueva de la Vera. Y está convencida, Fermín. Esta mañana, después de desayunar ha vuelto a pedirme que la lleve a su casa. Hay sequedad en la voz de Juan, como si su boca no produjera suficiente saliva para lubricar sus palabras. Se detiene e inspira el aire húmedo. Ahora sí que no sé qué hacer, confiesa. No se lo cuenta a su amigo, pero la idea de la residencia ha vuelto a pasársele por la cabeza. Ahora siente que el lugar al que su madre se dirige le está vedado. Que necesita la ayuda de personas que sepan qué hacer con alguien así. Él ha aprendido a gestionar los síntomas ligeros de la enfermedad. Un objeto extraviado, una palabra que no le sale. Pero qué hacer ahora que empieza a cuestionar lo que la rodea. Ella dice «esta no es mi casa», y la está viendo como yo, Fermín. Estamos juntos en el mismo salón en el que ella ha vivido los últimos veintiocho años de su vida y la chimenea o el televisor le parecen objetos extraños. Esa no es su casa, repite.

Fermín medita un segundo sus palabras. Si su casa está en la garganta, le dice, entonces llévala allí.

47

Circulan por la A5 a sesenta kilómetros por hora. El viento no es muy fuerte pero sí racheado y cada cierto tiempo notan cómo el Renault 4 es zarandeado lateralmente. Por eso lo llamaban *cuatro latas*, le dice Juan a su madre, que lleva todo el viaje agarrada al bolso que lleva en su regazo. *Laika*, en el maletero, se entretiene viendo pasar los coches que los adelantan, cuyos ocupantes los miran desde sus ventanillas. Sus caras son de sorpresa y muchos les dirigen gestos de aprobación, levantando pulgares o puños, como si animaran a unos deportistas esforzados.

La autovía discurre paralela a la sierra de Gredos, a su derecha. A lo lejos, los montes se levantan sobre la llanura con la continuidad de una gran ola. Hay mucha nieve en la cumbre del Almanzor. La mujer señala con el dedo esa mancha blanca. Y también un camión que los adelanta lentamente llevando la larga aspa de un molino eólico. A partir de Talavera aparecen las primeras dehesas. Hay charcos y pequeñas lagunas entre las encinas. El sol destella en el agua quieta. Será un buen año para el ganado. Habrá espárragos y setas.

Avanzan hacia el suroeste, en dirección contraria a Edimburgo. Solo ahora, camino del pueblo natal de su madre, se da cuenta de lo poco que se ha interesado a lo largo de su vida por saber de dónde viene. La última vez que fue a Aldeanueva debía de tener diez o doce años. Ahora que el tiempo y la memoria juegan en contra de su madre, siente urgencia por saber.

A la altura de Navalmoral de la Mata abandonan la autovía y entran en la red de carreteras comarcales. Ya no circulan en paralelo a la sierra sino que van directos hacia ella. Campos de tabaco, secaderos de pimientos, robles, quejigos, curvas de asfalto limpio y bien pintado. Su madre vivió en esa zona de Cáceres hasta que se fue a Madrid con diecisiete años. Debería reconocer el paisaje. Si lo hace, no lo muestra. Mira por la ventanilla sujetando el bolso sobre su regazo. Juan le pregunta si le suena algo de lo que ve y ella señala una chopera, junto a un arroyo, todavía lejos de su pueblo. Juan no sabe si lo que está reconociendo es el paraje, la especie o, simplemente, le ha llamado la atención el porte de esos árboles.

Paran a comer en Jarandilla de la Vera, el pueblo que precede a Aldeanueva. Es tarde y Juan quiere buscar la garganta con calma, sin la urgencia de tener que encontrar un lugar en el que comer. Entran al Parador Nacional. Ha llegado el momento, piensa Juan, de darse una alegría con el dinero de la lata de pintura. La carta está llena de platos suculentos.

Juan no puede dejar de mirarla mientras la mujer saborea los pimientos. El aroma de la leña con la que han sido asados se mezcla con el del aceite en el que la madre moja migas de hogaza. Se da cuenta de que no conoce a nadie que se entregue de manera tan plena a la comida. No hay glotonería en ella. Hay placer y juego. De postre Juan la anima a que pida un helado. Al principio ella se opone porque el doctor Colchero se lo tiene prohibido, a lo que él responde que por una vez no va a pasar nada y que él la excusará ante el médico si sale algo en los análisis. La mujer concede y también se entrega a su postre.

48

A la entrada de Aldeanueva, orilla el coche y pregunta por la garganta y su molino. Un hombre sentado en la terraza de un bar le explica cómo ir. No está lejos. La carretera desciende hacia el fondo del valle entre terrazas con cerezos y parcelas en las que se alternan secaderos de pimientos con construcciones residenciales. En la cancela de una de esas parcelas un señor mayor les da las últimas indicaciones.

Dejan el coche al otro lado de un pequeño puente de piedra que cruza sobre el riachuelo. *Laika* agradece la liberación dando rápidas carreras por los contornos. Entra y sale de los matorrales, agitando el rabo y regresando a ellos para ser acariciada. Siguiendo las últimas indicaciones, toman el camino que se adentra en el valle, por la margen izquierda. Las laderas son ya muy pronunciadas en esa parte. Una vegetación densa las cubre. Coníferas, algún roble. Ellos avanzan por el escueto valle hasta que encuentran la huerta que, según les han dicho, precede a la casa. La tierra es oscura, de vega. A la huerta todavía le quedan algunos meses para alcanzar su esplendor, pero Juan puede intuirlo por el color y la tersura de las hojas que ya crecen. Al final de la huerta se dan de frente con el viejo molino, medio oculto por los alisos que proyectan sus ramas sobre el tejado. Es una recia construcción de piedra cuyo estado de conservación es muy bueno. Juan esperaba encontrar algo parecido a una ruina. No se ve a nadie, pero hay signos de que el edificio está habitado. Una furgoneta aparcada a un lado, dos pares de botas bien alineados sobre el escalón que da acceso al porche.

La madre suelta el brazo de su hijo y camina hacia la casa. La puerta está entornada. El interior, oscuro. Juan deja que su madre avance unos pasos por delante de él. Tiene la intuición de que es ella sola la que tiene que encontrar en su memoria aquello que le es familiar. Que su intervención podría contaminar el intento. La mujer apoya una mano en uno de los pilares de madera del porche. Juan la ve ahí, quieta. ¿Qué conexiones, qué chispazos se están produciendo en el interior de su cerebro? La escena se alarga. Juan espera un espasmo. Un latigazo neuronal, un rayo de la verdad, el ojo de un huracán cósmico posándose sobre su madre. Algo venido desde no se sabe dónde para reconectar a la mujer con su infancia y, de paso, reparar lo dañado. Eso es lo que desea en el fondo de sus células: un milagro que haga retroceder el tiempo y todos los pasos dados desde Edimburgo hasta ese molino.

La madre no varía su posición. Juan se acerca. Quiere invitarla a llamar a la puerta y que, quienquiera que sea el actual propietario de la casa, les permita entrar e inspeccionar el interior. *Laika* regresa de una de sus carreras y se sienta junto a la madre. Se oye ruido dentro. Alguien hace chocar cacharros, quizá friega. Mamá, dice Juan, y en ese momento aparece un hombre por la puerta secándose las manos con un trapo. Repentinamente, tan cerca del hombre, Juan siente que ha invadido un espacio privado. Va a pedir disculpas pero la expresión del hombre no las reclama. ¿Venís a la poza?, pregunta. La madre quieta. Juan titubea. Le cuesta trabajo expresar el motivo de su visita: que están allí en busca de algo que su madre pueda reconocer. ¿Qué poza?, pregunta Juan. El hombre les explica que por detrás de la casa el río forma un remanso al que mucha gente va a bañarse en verano. En esta época el agua todavía está fría, advierte. Solo os pido que tengáis cuidado con los pollos que tengo detrás, comenta mirando a *Laika*. No venimos a bañarnos, dice Juan. Veníamos a ver el molino.

49

Han visitado el edificio y los contornos, y ahora están los tres sentados en una mesa del porche. El hombre ha sacado limonada fresca, unas latas de cerveza y queso en aceite. El agua desciende entre piedras a unos metros de ellos y desaparece por los alisos hacia la boca del valle. Suenan el burbujeo de las pequeñas cascadas y el rumor mayor que procede de la parte trasera del molino, allí por donde el agua entraba en el antiguo caz.

Se llama Alejandro, tendrá unos cuarenta y cinco años, es del pueblo y les ha contado que sus padres compraron el viejo molino cuando ya llevaba muchos años en desuso. Estaba mal pero no en ruinas. Querían una casa en la garganta, sobre todo para tener la huerta y pasar allí los veranos. La tierra es muy buena en esta parte, les informa. Ahora él vive todo el año allí y su madre baja cada tarde a recoger lo que va madurando en el huerto.

Antes de iros os doy unas zanahorias, le dice a Juan. También les cuenta que él estuvo muchos años fuera del pueblo y que no es capaz de identificar el apellido de la mujer, pero que si es originaria de Aldeanueva, su madre, que está al llegar, seguro que la conoce. Deben de tener la misma edad, añade. Alejandro se interesa por la ocupación de Juan y pronto encuentran temas sobre los que charlar. La puerta principal la ha hecho él mismo, con madera de la zona. A Juan le ha llamado la atención el piso del molino, enlosado con grandes planchas de piedra. Alejandro le cuenta que ese suelo lleva ahí desde la construcción del edificio y le recuerda las losas gastadas y deprimidas en las zonas de más tránsito. Beben sus cervezas bajo el rumor de los alisos. El hombre le habla de simientes y de tormentas, de ganado y de oficios perdidos. Por un momento Juan se olvida del motivo de su visita, hasta que Alejandro se lo recuerda. Siento que no haya encontrado lo que buscaba, dice mirando a la madre y le da un trago a su lata. Juan quisiera explicarle que el viaje no ha salido de ella sino de él. Que ella no ha pedido buscar nada pero no lo dice porque le ha quedado cierta sensación de ridículo. En la literatura médica no hay lugar para epifanías ni para chispazos que reordenan el cerebro de las personas. Juan pasa la mano por el cristal redondo de la mesa que está apoyado sobre una rueda metálica con lo que parecen aspas. Era del antiguo molino, aclara el hombre. El agua movía estas aspas. La madre también pasa su mano por el cristal. Tiene la mirada fija en el metal carcomido. Juan la observa con expectación. Quizá, finalmente, esté sucediendo algo en el interior de su mente. Una ilusión que se desvanece cuando la mujer habla. ¿Dónde está mi padre?, pregunta. ¿Qué padre?, contesta Alejandro. La mujer sale de su ensimismamiento, parece indignada. ¿Qué padre va a ser?, el mío. Trabaja aquí. Alejandro mira a Juan como esperando una aclaración. Si no está en el molino, dice la mujer, es que habrá ido al pueblo a tomarse su vino. Vamos a buscarlo, Juan. La madre se levanta, baja los escalones del porche y se va sin despedirse. Juan se incorpora también, apresuradamente, le da las gracias a Alejandro por el refrigerio y se despiden con un apretón de manos. Madre e hijo se alejan hasta perderse tras los encañados por los que ya trepan las matas de judías.

Sus movimientos ya no son aquellos que vio al llegar, cuando acarreaba tiestos de un lado para otro. Son sus gestos, pero queda poco de aquella prestancia. Una mujer aparece al fondo del camino, donde tienen aparcado el Renault 4. Debe de ser la madre de Alejandro, piensa Juan. Viene con una cesta de mimbre vacía en un brazo. Cuando se cruza con la madre de Juan, le dirige una mirada breve y saluda con un buenas tardes. Al pasar frente a él, repite el saludo. El coche está ya cerca. Subirán al pueblo, preguntarán en algún bar por su abuelo muerto y luego regresarán a Cruces como si no hubiera pasado nada. Como si no hubieran hecho el viaje.

Isabel, dice de repente una voz a su espalda. Juan se gira. La señora con la que se acaban de cruzar está detenida en medio del camino, mirando hacia ellos. Los rayos de luz que penetran a través de las copas de los árboles revelan el vuelo de los insectos. Pronto no habrá sol en el valle. Isabel, repite la mujer con más fuerza y su voz resuena en la pequeña vega en la que están. Juan se vuelve hacia su madre y la ve alejarse en la tarde.

AGRADECIMIENTOS

Raquel Torres, Juan María Jiménez Limones, Fermín Sánchez Cañedo, Francisco José Álvarez García, Ana Oña Blanco, Paco Rodríguez Aguirre, Juan Luís Torres O'Valle, Carmen Carrasco Jaramillo, Icíar Bollaín, Paul Laverty, Alejandro Luque, Nicolás Carrasco Jaramillo, Javier Espada, Margaret Jull Costa, Juan Luis Marrero, biblioteca nacional de Escocia, biblioteca del hospital Western General y biblioteca de la Universidad de Edimburgo.

El autor quisiera hacer una mención especial a la Fundación BBVA. Esta novela es consecuencia directa de un libro que, en su día, recibió el apoyo de una de sus becas Leonardo. Sin ese primer libro, no hubiera existido este segundo.

Impreso en CPI (Barcelona)
C/ Torrebovera, s/n (esquina c/ Sevilla)
08740 Sant Andreu de la Barca
(Barcelona)